목숨을 팝니다

INOCHI URIMASU

by MISHIMA Yukio
Copyright © 1968 The Heirs of MISHIMA Yukio
All rights reserved.
Originally published in Japan.
Korean translation rights arranged with The Heirs of MISHIMA Yukio, Japan
through THE SAKAI AGENCY and ERIC YANG AGENCY.

이 책의 한국어판 저작권은 EYA Co., Ltd.를 통해
THE SAKAI AGENCY와 독점계약한 ㈜알에이치코리아에 있습니다.
저작권법에 의하여 한국 내에서 보호를 받는 저작물이므로 무단전재 및 복제를 금합니다.

목숨을 팝니다

命売ります

미시마 유키오
장편소설

최혜수 옮김

일러두기

1. 책 제목은 『 』로, 잡지 등의 매체명은 「 」로, 곡명은 〈 〉로 묶었습니다.
2. 이 소설은 1968년 5월부터 10월에 걸쳐 잡지 「주간 플레이보이」에 연재·발표되었으며, 치쿠마쇼보筑摩書房에서 나온 문고판 『命売ります』(1998년 4월 초판)을 사용해 번역했습니다.
3. 본문에는 오늘날의 인권 의식에 비추어볼 때 부적절한 인종, 신분, 직업, 신체장애, 정신장애에 관련된 표현이 있지만 집필 당시의 시대적 배경과 작품의 문화적 가치를 고려하여 원문의 느낌을 최대한 살려 옮겼습니다.
4. 주석은 모두 옮긴이의 주입니다.

차례

목숨을 팝니다

9

옮긴이의 말

341

인생이 무의미하다고 말하기는 쉽지만,
그 무의미한 삶을 살아가는 데는
상당히 강력한 에너지가 필요한 법이다.

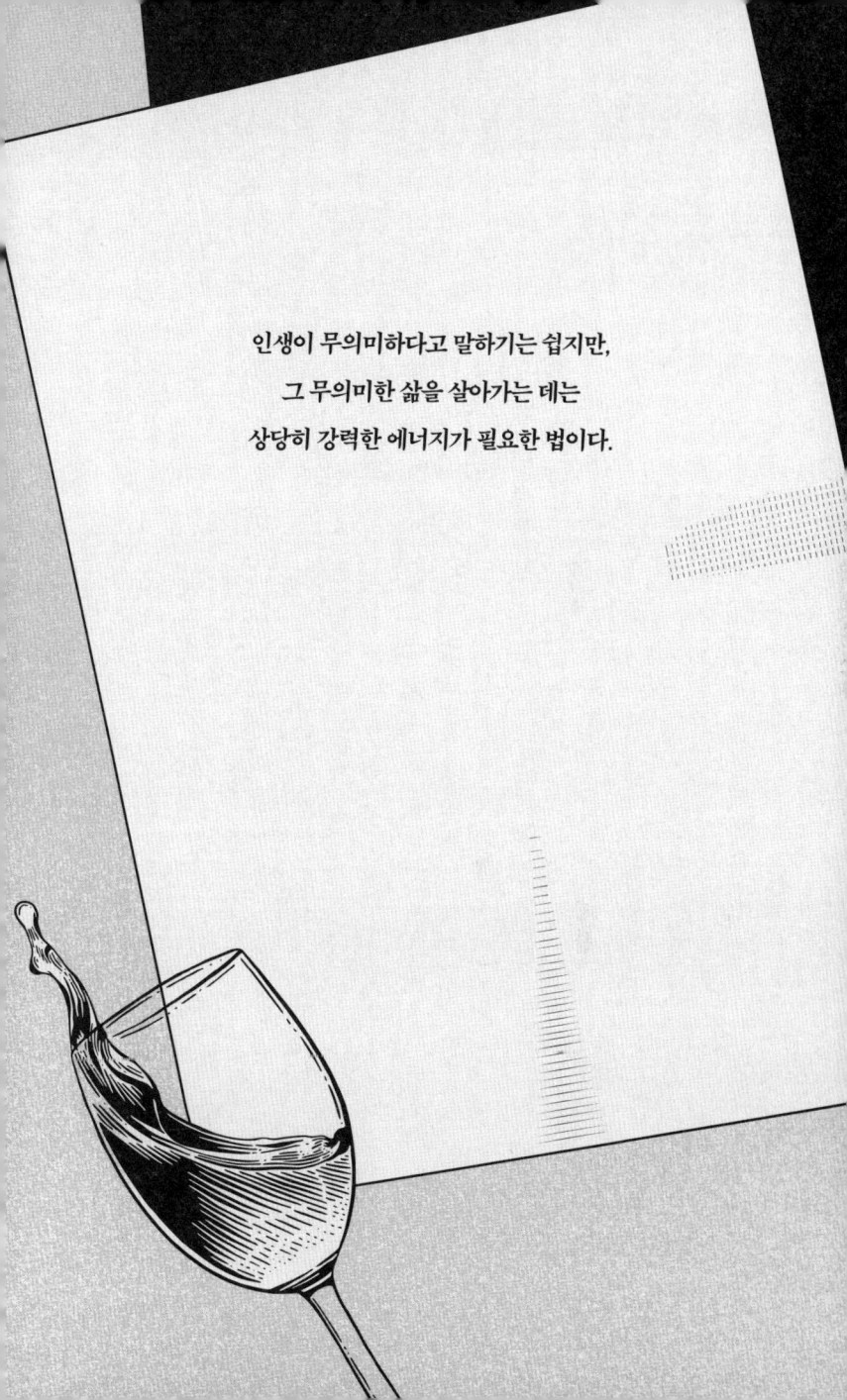

1

 …하니오는 눈을 떴을 때 주위가 너무 밝아 여기가 천국인가 싶었다. 그런데 뒤통수에 극심한 두통이 남아 있다. 천국에서 두통이 날 리가 없겠지.
 우선 눈에 들어온 것은 간유리로 된 큰 창문이었다. 아무런 장식이 없는 창문이라 주위가 유난히 희부옇다.
 "정신이 든 모양이에요."
 누군가가 말했다.
 "어쨌든 다행이네요. 사람을 구했나고 생각하니 하루 종일 기분이 좋아요."
 하니오는 위를 올려다보았다. 간호사와 소방대원 제복

을 입은 땅딸막한 체구의 남자 한 명이 서 있었다.

"그대로. 가만히 계세요. 아직 몸을 함부로 움직이면 안 돼요."

간호사가 그의 어깻죽지를 눌렀다.

하니오는 자신이 자살에 실패했음을 깨달았다.

👣

그는 전철 막차 안에서 많은 양의 수면제를 먹었다. 정확히 말하자면 역의 음수대에서 약을 먹은 후에 전철을 탔다. 그리고 텅 빈 의자 위에 누웠고, 그 후로는 기억이 나지 않는다.

생각에 생각을 거듭한 끝에 한 자살은 아니었다. 분명 그날 저녁, 늘 식사를 하는 스낵바에서 석간신문을 읽다가 문득 죽고 싶어진 것이었다.

"외무성 직원이 스파이. 일중 우호 협회 등 세 군데를 작업", "맥나마라 장관 전출 결정", "도쿄 도내를 뒤덮은 스모그, 올겨울 첫 주의보", "하네다 공항 폭파 사건 용의자 아오노, '극악' 처분으로 무기징역", "트럭이 선로에 넘어져 화물

차와 충돌. 죽은 사람의 심장 대동맥변, 소녀에게 이식하는 데 성공", "가고시마의 은행출장소에서 90만 엔을 훔쳐 달아난 강도" (11월 29일 자)

그것은 판에 박은 듯한 일과였고 딱히 특별한 것은 없었다.

그는 그 어떤 기사에도 전혀, 아무런 감흥을 느끼지 못했다.

그러고 나서 마치 소풍이라도 가는 것처럼 갑자기 자살 생각을 했는데, 굳이 이유를 따지자면 자살할 이유가 전혀 없었기 때문에 자살을 시도했다고 볼 수밖에 없다.

딱히 실연을 당한 것도 아니고, 하니오는 설령 실연을 당했다고 해도 자살할 만한 인물이 아니었다. 당장은 돈이 궁하지도 않았다. 그의 직업은 카피라이터인데 오색 제약에서 나온 위장약 '싹'의 "싹, 쓱, 이것만 먹었다 하면 금세 나아요." 이런 텔레비전 광고가 그의 작품이다.

프리랜서로 활동해도 꽤 잘 나갈 만큼 재능을 인정받고 있지만, 그에게는 독립힐 마음이 조금도 없다. 도쿄 애드라는 회사에 다니면서 그곳에서 상당한 월급을 받는 것만으로도 만족했다. 그리고 어제까지 그는 분명 착실한 직원이었다.

그렇다. 생각해보면 그게 자살의 원인이었다.

정말이지 나태한 자세로 석간신문을 읽다가 안쪽에 있던 페이지가 테이블 아래로 스르륵 떨어져버렸다.

그 광경을 어쩐지 탈피한 자기 껍질이 떨어지는 모습을 쳐다보는 게으른 뱀처럼 보고 있었던 것 같다. 그러다 그는 그것을 주워야겠다고 생각했다. 내버려두어도 상관없었겠지만 사회적 관습상 줍는 편이 나으니 그랬는지, 아니면 더욱 중요한 지상의 질서를 회복한다는 큰 결심으로 그랬는지는 잘 모르겠다.

어쨌든 그는 불안정하고 작은 테이블 아래로 몸을 웅크리고 손을 뻗었다.

그때 터무니없는 것을 보고 말았다.

떨어진 신문 위에 바퀴벌레가 가만히 앉아 있었다. 그리고 그가 손을 뻗음과 동시에 그 반질반질한 마호가니색 벌레가 엄청난 기세로 도망치더니 신문의 활자 사이로 섞여 들어가 버렸다.

그래도 그는 대범하게 신문을 주워 들고서 조금 전 읽고 있던 페이지를 테이블에 놓고, 주운 페이지로 시선을 옮겼다. 그러자 읽으려던 글자가 모두 바퀴벌레로 변했다. 읽으려는 글자가 이상하게 반질거리고 검붉은 등을 보이며 도망쳐버렸다.

'아아, 세상은 이런 구조로 되어 있구나.'

그것을 갑자기 깨달았다. 깨닫고 나니 공연히 죽고 싶어졌다.

아니, 그렇게 말하면 지나치게 설명을 위한 설명 같다.

그렇게 딱 잘라 설명할 수는 없다. 단지 신문 글자마저 모두 바퀴벌레가 되어버렸는데 살아있어도 별 소용이 없다는 생각이 들자마자 '죽는다'라는 생각으로 머릿속이 가득 차버렸다. 마치 눈이 오는 날 눈으로 된 모자를 쓴 빨간 우체통처럼, 그런 식으로 죽음이 그 순간부터 그에게 완전히 어울리는 것이 되고 말았다.

그러고 나서는 어쩐지 신이 나서 약국에 들러 수면제를 사고, 바로 먹기는 아까워서 영화 세 편을 연달아 보고, 가끔 가는 헌팅바에 가서 얼쩡거렸다.

옆에 앉은 통통한 몸매에 온몸이 둔해 보이는 아가씨에게는 마음이 전혀 동하지 않았지만, "저, 이제 죽을 참이에요."라는 말을 털어놓고 싶은 마음이 들어 난감했다.

그는 팔꿈치로 그녀의 두꺼운 팔꿈치를 살짝 눌렀다. 아가씨는 그를 언뜻 보고는 어쩐지 엄청난 노력이 필요하다는 듯 나른한 몸짓으로 의자에 앉은 채 그가 있는 쪽으로 몸을 돌렸다. 그러고는 고구마가 웃는 듯한 느낌으로 웃었다.

"안녕하세요."

하니오가 말했다.

"안녕하세요."

"너, 예쁘다."

"우후후."

"이제 내가 무슨 말을 하려는지 알아?"

"우후후."

"알 리가 없지."

"전혀 모르진 않아."

"나, 오늘 밤에 자살하려고."

아가씨는 깜짝 놀라기는커녕 입을 크게 벌리고 웃었다. 그녀는 웃는 입속 깊숙이 오징어채 한 조각을 넣고는 그것을 언제까지고 씹었다. 오징어 냄새가 하니오의 콧가에 들러붙어 떠나지 않았다.

그러다 친구가 왔는지 그녀는 손을 번쩍 들고는 인사도 없이 하니오의 옆자리를 떴다.

— 곧이어 하니오도 홀로 가게를 나섰지만, 그 여자가

자신의 죽음을 믿어주지 않았다는 사실에 묘하게 화가 났다.

시간은 아직 충분히 있었지만, 한번 정한 '막차'라는 것에 집착하느라 어떻게든 무엇을 하며 시간을 때울지 고민해야 했다. 파친코 가게로 들어가 파친코를 시작했다. 구슬이 계속 나왔다. 인생은 이미 끝장인데, 구슬이 이렇게 끝없이 나오다니 무언가가 자신을 조롱하는 듯했다.

드디어 막차 시간이 되었다.

하니오는 역 개찰구로 들어가 음수대에서 약을 먹고 전철을 탔다.

2

 자살에 실패한 하니오 앞에는 어쩐지 텅 빈, 멋지고 자유로운 세계가 펼쳐졌다.
 이제껏 영원히 계속될 것만 같았던 일상이 그날부터 뚝 끊기고, 무슨 일이든 가능할 것 같은 기분이 들었다. 그날그날이 두 번 다시 오지 않고, 하루하루의 숨통이 완전히 끊어져서 개구리 사체들처럼 하얀 배를 내보이며 줄지어 있는 모습이 또렷이 보였다.
 도쿄 애드에는 사표를 냈고 잘 나가는 회사라 퇴직금도 듬뿍 받았다. 이로써 그는 남들의 눈치를 보지 않고도 살 수 있게 되었다.

삼류 신문의 구직란에 다음과 같은 광고를 냈다.

목숨을 팝니다. 원하시는 목적으로 써 주십시오. 저는 27세 남자. 비밀은 절대 보장, 결코 폐를 끼치지 않겠습니다.

그 문구에 집 주소를 덧붙여두고, 현관문에는 멋진 서체로 '라이프 포 세일 야마다 하니오'라고 쓴 종이를 붙였다.

광고가 나온 첫날에는 아무도 찾아오지 않았다. 하니오는 회사에 나가지 않는 공허한 날들을 조금도 지루하지 않게 보냈다. 방에서 뒹굴며 텔레비전을 보거나 멍하니 몽상에 빠지기도 했다.

구급차로 응급실에 실려 갔을 때는 의식이 전혀 없었으니 무엇 하나 기억나지 않는 게 당연한데, 이상하게도 구급차의 사이렌 소리를 들으면 그곳에서의 기억이 또렷이 되살아났다. 자기가 침대에 누워 코를 크게 골았던 기억, 그리고 하얀 옷을 입은 소방대원이 옆에 앉아 차의 흔들림에 자기 몸이 침대 밑으로 떨어지지 않도록 담요를 눌러 준 모습이 생생히 떠올랐다. 소방대원의 코 옆에는 커다란 사마귀 점이 있었다. …

그나저나 새로운 인생이란 왜 이리 허전한 걸까, 마치 가구가 없는 방처럼.

 하니오의 집 현관문에 노크 소리가 들린 것은 이튿날 아침의 일이었다.

 문을 열어보니 깔끔하게 차려입은 왜소한 몸집의 노인이 서 있었고, 뒤쪽을 살피듯 두리번거리다가 손을 뒤로해서 서둘러 문을 닫았다.

"당신이 야마다 하니오 씨 맞소?"

"그렇습니다."

"신문 광고를 보고 왔소만."

"아, 안으로 들어오시지요."

 하니오는 누가 봐도 디자인 업계에서 일하는 사람의 집답게 검정 일색인 의자와 테이블, 그리고 그 아래 빨간 카펫을 깐 방 한구석으로 노인을 안내했다.

 노인은 입안에서 코브라처럼 혀로 '슈슈' 소리를 내며 정중하게 인사하고 의자에 앉았다.

"목숨을 판다는 사람이 당신이오?"

"그렇습니다."

"보아하니 젊고 꽤 번듯하게 사시는 것 같은데, 어쩌다 그런 마음이 들었소?"

"쓸데없는 질문은 하지 않으셔도 됩니다."

"그건 그렇고… 목숨은 얼마에 파시오?"

"뭐, 주시기 나름입니다."

"그런 무책임한 말이 어디 있어? 자기 목숨값 정도는 스스로 매기시오. 내가 100엔에 산다고 하면 어쩌려고 그러오?"

"그렇게 하길 원하신다면 그래도 괜찮습니다."

"그런 당찮은 소리 하지 말고."

노인은 주머니에서 지갑을 꺼내더니, 손이 베일 것처럼 빳빳한 만 엔짜리 지폐 다섯 장을 꺼내어 트럼프 카드를 펼치듯 부채꼴 모양으로 놓았다.

하니오는 아무런 감정이 없는 눈빛으로 그 5만 엔을 집어 들었다.

"자, 무슨 말씀이든 하시죠. 안 된다는 말은 하지 않을 테니까요."

"음, 그럼."

노인은 필터가 있는 담배를 꺼내며 말했다.

"이걸 피우면 폐암에 걸리지 않아. 하나 피우시겠소? 뭐, 목숨을 파는 남자라면 암 걱정도 없겠지만.

내가 온 이유는 간단하오. 내 아내, 아내라고는 해도

세 번째 아내인데 지금 스물셋이야. 나랑은 딱 반세기의 나이 차이지. 이 사람이 정말 괜찮은 여자라서 말이지. 젖가슴이 이런 식으로 양쪽에, 사이가 안 좋은 비둘기 두 마리처럼 서로 등지고 있어. 입술도 그래. 입술도 위아래가 달콤하고 느슨하게 서로 등지고 있고. 몸매는 또 얼마나 좋은지 말도 못 해. 다리도 예쁘고. 요즘은 지나치게 가느다란 병적인 다리가 유행하는 것 같지만, 그 여자의 다리는 풍만한 허벅지에서 미세하게, 아주 미세하게 발목 쪽으로 갈수록 가느다래지는 그 선이 뭐라 나무랄 데가 없어. 엉덩이도 두더지가 밀어 올린 봄의 흙처럼 폭신하고 예쁜 모양이야.

그 여자가 날 두고 멋대로 싸돌아다니다가 지금은 어떤 동양계 외국인의 첩이 됐어. 그 동양인은 이만저만한 악당이 아니야. 식당을 네 개나 가지고 있는데, 듣기로는 땅 문제로 싸우다가 두세 명은 죽였다더라고.

당신한테 부탁하고 싶은 건 아내한테 접근해서 아내랑 친해지고, 두 사람이 몰래 만나는 걸 그 동양인에게 일부러 들키는 거야. 분명 그 사람은 당신을 틀림없이 죽일 거고, 아마 아내도 죽이겠지. 어때? 그러면 난 가슴이 후련해지겠지…. 그게 다야. 잘 죽어줄 수 있겠는가?"

"흠." 하니오는 심드렁한 표정으로 듣더니 말했다. "그런데 일이 그렇게 로맨틱하게 흘러갈까요? 당신의 꿈은 아내에게 복수를 하는 거겠지만, 아내분이 저와 함께라면 기꺼이 행복하게 죽겠다고 하면 어쩌시려고요?"

"그 여자는 죽는 걸 좋아할 여자가 아니야. 그게 당신과는 다른 점이지. 그 여자는 어쨌든 앞뒤 생각 없이 살고 싶어 해. 그게 그 여자의 육체 여기저기에 적혀 있는 주문 같은 거야."

"그걸 어떻게 아시죠?"

"곧 당신도 알게 될 걸세. 뭐, 어쨌든 잘해서 죽어주게나. 계약서는 필요 없겠지?"

"그런 건 필요 없어요."

노인은 또다시 입안에서 '슈슈' 소리를 내며 무슨 생각에 잠겼다.

"죽은 후에 내게 무슨 부탁할 일이 있는가?"

"아뇨, 딱히요. 장례식도, 무덤도 필요 없어요. 딱 하나, 제가 샴 고양이를 기르고 싶었는데 귀찮아서 결국 그럴 기회가 없었거든요. 제가 죽으면 서 대신 샴 고양이를 길러주시면 감사하겠습니다. 그리고 우유는 보통 그릇 말고, 제가 생각한 그림대로 말하자면 커다란 삽에 따라서 먹여주십시오. 처음 한두 입을 짭짭대고 먹으면 삽으로 툭하고 고양이의 턱을 세게 쳐 주십시오. 고양이 얼굴이 우유 범벅이 되겠지요. 그걸 매일 한 번씩은 꼭 해주십시오. 중요한 일이니 잊지 마시고요."

"대체 무슨 소리인지 난 모르겠는데."

"당신이 너무 상식적인 세계에 살아서 그래요. 오늘 의뢰하신 일에도 상상력이 전혀 없잖아요. 그나저나 제가 무사히 살아 돌아온다면 이 5만 엔을 돌려드려야 하나요?"

"그럴 수는 없지. 다만 그때는 아내를 꼭 죽여주면 좋겠어."

"그건 청부살인이에요."

"하긴 그렇지. 어쨌든 그 여자가 이 세상에서 완전히 사라져 없어지면 되는데, 난 그에 대해 조금도 죄책감을 가지기가 싫어. 지독한 일을 당하고 심지어는 죄책감까지 느끼면 수지가 맞질 않으니까. …그럼 오늘 밤부터 바로 행동을 개시해주게나. 부대비용은 그때마다 청구하면 내가 내겠네."

"행동을 개시하다니, 어디로 가면 되죠?"

"이 지도를 가지고 가게. 이 언덕 위에 있는 빌라 보르게제라는 고급 맨션 865호실이야. 가장 꼭대기 층에 있는 좋은 집이라는 것 같은데, 여자가 언제 거기에 있을지는 몰라. 다른 건 전부 스스로 찾아보게나."

"사모님 성함은?"

"기시 루리코岸るり子. 루리るり는 히라가나로 쓰고, 기시岸는 기시 수상의 기시."

노인은 부자연스러운 미소를 띠며 말했다.

3

 노인은 나가면서 일단 문을 닫았다가 다시 돌아와 다음과 같이 말했는데, 그것은 목숨을 산 사람으로서 지극히 당연하다고 해야 할 것이다.

 "참, 하나 중요한 걸 잊었군. 자네는 그 누구에게도 결코 의뢰인에 대한 것은 물론 부탁을 받아 한 일이라는 사실을 입에 올려서는 안 되네. 목숨을 파는 이상 그 정도 상도덕은 있겠지."

 "그런 부분은 염려 마시죠."

 "계약서를 주지 않겠는가?"

 "무슨 말도 안 되는 말씀을 하시는 거죠? 그런 계약서를 가지고 나가면 남들이 묻지도 않는데 부탁받은 일을 떠들고 다니는 거나 마찬가지잖아요."

"하긴 그렇지."

노인은 걱정이 지나친 나머지 만듦새가 어설픈 틈니에서 '슈슈' 소리를 내며 다시 집안으로 몸을 들이밀었다.

"그럼 내가 자네를 어떻게 믿을 수 있지?"

"믿을 거면 전적으로 믿어야죠. 의심하면 모든 게 의심스러울 수밖에 없어요. 어쨌든 당신이 여기에 와서 제게 돈을 준 것만으로 저는 이 세상에 신뢰라는 게 있다는 걸 믿게 되었어요. 하지만 손님, 당신이 부탁한 일이라고 말한다고 해도 전 당신이 어디 사는 누구인지도 모르니까 안심할 수 있지 않아요?"

"허튼소리 하기는. 보나 마나 루리코가 말하겠지."

"그렇군요. 하지만 저는 그런 데 흥미가 전혀 없어요."

"하기야. 나도 오랜 세월 많은 사람들을 보며 살아왔지. 자네 얼굴을 보면 괜찮다는 생각을 할 수밖에 없어. 또 돈이 필요하면 신주쿠역 중앙개찰구 게시판에 '돈 기다림, 내일 아침 8시, 라이프' 이렇게 써 붙여두게. 나는 매일 백화점을 어슬렁거리는데, 백화점이 열기 전에는 심심하니까 아침에는 되도록 이른 시간이 좋아."

노인이 집을 나서려 하자 하니오도 뒤따라 나왔다.
"어디 가는 거지?"
"뻔하지 않습니까? 빌라 보르게제 865호실입니다."
"성질 참 급하군."
하니오는 결심한 듯 문에 있던 '라이프 포 세일' 팻말을 뒤집었다. 그러자 '품절'이라고 적힌 뒷면이 나왔다.

4

 빌라 보르게제는 어수선한 동네의 언덕 위에 우뚝 솟아 있는 하얀 이탈리아풍 건물이어서, 지도를 살펴볼 필요도 없이 멀리서도 단번에 알 수 있었다.

 그는 경비실을 들여다보았지만 빈 의자만 놓여있을 뿐 아무도 없었기에 스스럼없이 안쪽에 보이는 엘리베이터를 향해 걸었다. 자신의 의지가 없이 실로 조종당하면서 걷는 것 같았고, 자신의 무책임한 해맑음이 자살을 결심하기 전과는 딴판이라고 생각했다. 인생이 경박함으로 넘치고 있었다.

 오전의 고요한 맨션 8층 복도에 이르자 865호실 문을 금세 찾을 수 있었다. 벨을 누르자 안에서 한적한 딩동 소리가 계속 울렸다.

'집에 아무도 없나?'

하지만 하니오는 오늘 아침에 그녀가 틀림없이 홀로 있을 거라고 직감했다. 지금은 첩이 남자를 내보내고 다시 곤히 자고 있을 시간대이기 때문이다.

그런 생각에 하니오는 언제까지고 끈질기게 벨을 눌렀다.

드디어 현관문에 다가서는 사람의 기척이 느껴졌다. 문이 열리자 안쪽에는 사슬로 된 잠금장치가 달려 있었고, 사슬 틈새로 깜짝 놀란 듯한 여자의 얼굴이 보였다. 나이트가운을 입고 있었지만 자다 깬 얼굴은 아니었고, 화장이 조금도 흐트러지지 않고 선명했다. 듣던 대로 그녀의 입술은 위아래로 약간 젖혀져 튀어나와 있었다.

"당신은 누구시죠?"

"라이프 포 세일 회사 직원인데요, 생명보험에 가입할 생각 없으실까 해서요."

"어머, 뭐야. 생명보험 같은 건 질색이에요. 목숨이라면 아직 그런대로 쓸 만하니 필요 없어요."

무뚝뚝하게 말했지만 문을 완전히 닫지 않은 것을 보

면 여자가 약간 흥미를 느낀 것 같다. 하니오는 세일즈맨 방식으로 이미 한 발을 문틈으로 딱 끼워 넣었다.

"저를 들여보내 달라고 하진 않을게요. 이야기만이라도 들어주시면 좋겠습니다. 금방 끝나니까요."

"그러다 남편한테 혼날까 봐 싫어요. 게다가 전 지금 이런 차림으로 있고요."

"그럼 20분 뒤에 다시 올까요?"

"글쎄요." 여자는 잠시 생각에 잠겼다. "그동안 다른 집에 들렀다가 오세요. 20분 후에 다시 벨 눌러요."

"알겠습니다."

하니오는 발을 뺐고, 문은 다시 닫혔다.

그는 20분 동안 복도 끝 창가에 놓인 소파에 걸터앉아 기다렸다. 아래로 겨울의 밝은 햇살이 내리쬐는 마을의 풍경이 내려다보였다. 그 마을이 흰개미 집처럼 침식되고 있다는 사실을 그는 확실히 알 수 있었다. 물론 그들은 서로 "좋은 아침."이라든가, "요즘 일은 어떠십니까?"라든가, "사모님은 건강하신가요? 자제분도?"라든가, "이세 국세 정세도 긴박해졌네요." 같은 이야기를 나누고 있을 것이다. 그러나 그런 말이 이제 아무런 의미도 없어졌다는 사실을 그 누구도 깨닫지 못한다.

— 그는 담배를 두어 대 피우고 나서 다시 문을 두드리러 갔다.

이번에는 문이 거침없이 열렸고, 목이 깊이 파인 연두색 정장을 입은 여자가 "어서 오세요."라고 하며 그를 맞았다.

"차 내올까요? 아니면 술?"

"외판원치고는 파격적인 대우군요."

"보험 파는 사람이라는 건 거짓말일 게 뻔하니까. 아까 보고서 바로 알았거든. 연기라면 더 잘해야지, 이대로는 못 써."

"네, 알겠어요. 그럼 맥주라도 한잔 마실까요?"

루리코는 한쪽 눈을 감고 웃더니 방을 유유히 가로질러 부엌으로 사라졌다. 마른 몸에 어울리지 않는 커다란 엉덩이가 인상적이었다.

이윽고 두 사람은 맥주로 건배했다.

"그건 그렇고 당신은 대체 누구죠?"

"우유 배달부라고 칠까요?"

"날 얕보는구나. 그래도 여기가 위험한 데라는 건 알고 온 거죠?"

"아뇨."

"그럼 누구 부탁으로 왔어?"

"누구 부탁으로 온 게 아니에요."

"이상하네. 그럼 아무 집이나 벨을 누르다 마치 주문한 것처럼 여기 나 같은 글래머 미인이 있었던 거야?"

"네, 그런 셈이죠."

"운이 좋은 사람이네. 그런데 안주가 없어. 이른 아침부터 맥주에 감자칩을 먹으면 이상한가? 아, 치즈가 있겠다."

그녀가 바삐 냉장고를 열러 갔다. "어머, 차가워라."라는 목소리가 들렸다. 그리고 접시에 샐러드 채소를 깔고는 무언가 검은 물건을 담아 가져왔다.

"이거 드세요."

뒤로 돌아온 게 수상했다.

그때 갑자기 하니오의 뺨에 무언가 차가운 것이 바싹 닿았다. 곁눈질로 내려다보니 권총이었다. 그는 딱히 놀라지도 않았다.

"그치? 차갑지?"

"그렇네요. 늘 냉장고에 넣어두세요?"

"응, 난 따뜻한 흉기를 싫어하니까."

"참 까다로우시군요."

"당신은 무섭지 않아?"

"딱히요."

"여자라고 우습게 보는 거지? 이제 천천히 불게 해줄 테니 맥주라도 마시면서 염불을 외도록 해."

루리코는 조심스럽게 권총을 일단 떼어내고 빙 돌아 건너편 의자에 앉았다. 총부리는 하니오 쪽을 겨냥한 상태다. 맥주잔을 든 하니오의 손은 조금도 떨리지 않는데, 총을 든 루리코의 손이 가늘게 떨리는 모습을 그는 흥미롭게 지켜보았다.

"변장을 정말 잘했네. 당신, 외국인이지? 일본에 몇 년 살았어?"

"무슨 말씀이죠? 전 진짜 일본인인데요."

"거짓말하기는. 내 남편이 보낸 간첩일 게 뻔해. 본명은 김金이라든가 이李 같은 거지?"

"당신이 그렇게 망상하는 근거를 물어도 되겠습니까?"

"침착하네. 역시 보통내기가 아냐. …그러면 당신이 잘 알고 있을지도 모르는 사실을 다시 한번 설명할 수밖에 없겠어. 그 사람은 질투가 아주 심해서 어젯밤에도 밑도 끝도 없는 일로 날 의심해서 엄청 짜증 났었는데, 결국 수하들한테 날 감시하라고 시켰겠지. 심지어 멀리서 감시하는 데 그치지 않고, 뻔뻔스럽게 집으로 보내서 날 유혹하고 시험해보려는 거겠지. 일이 생각대로 풀리진 않을 거야. 나한테 한 발짝이라도 다가오면 쏠 줄 알아. 이 권총을 호신용으로 쓰라며 내게 준 건 그 사람이고, 그 사람은 내가 이걸 잘 쓰기를 바라고 있거든. …맞다, 어쩌면 당신은 아무것도 모른 채 여기로 보내졌을지도 모르지. 덫에 걸린 건 당신이야. …다시 말해 내 손에 죽고, 내 정조를 증명하기 위한 역할로 선택받았다는 거야. 몰랐지?"

"흠." 하니오는 재미없다는 듯 눈을 치켜뜨고 여자를 쳐다보았다. "어차피 죽는다면 당신이랑 같이 자고 나서 죽는 게 낫겠어. 약속할게요. 같이 자주면 그러고 나서 얌전히 죽어주죠."

루리코가 더욱더 안달복달하는 모습이 등고선이 빽빽한 산악 지도를 들여다보는 것처럼 하니오의 눈에 또렷이 보였다.

"당신은 무슨 소리를 해도 놀라질 않네. 당신 혹시 ACS 소속이야?"

"ACS라는 텔레비전 방송국이 있어요?"

"시치미 떼지 마. 아시아 컨피덴셜 서비스(아시아 비밀

서비스) 사람이지?"

"대체 무슨 말씀이시죠?"

"틀림없어. 아아, 어이없어. 하마터면 사람을 죽이고 한평생 그 사람의 포로가 될 뻔했네. 그 사람은 나를 진짜 순종적인 여자로 만들려고 로맨틱한 각본을 짠 거야. 우선 내 정조를 지킨 다음 사람을 죽이게 하고, 그러고 나서 일본 전역에서 살인자를 은닉할 능력이 있는 다섯 사람 중 한 명인 그 사람이 나를 숨겨주고 한평생 돌봐줄 생각이었던 거야. 아아, 무서워라. 당신이 ACS라면 어서 그렇다고 말해."

루리코는 스스로 그렇게 단정하고는 권총을 옆에 있던 쿠션 위로 던졌다.

"ACS 사람이라면 어서 그렇다고 말하면 되잖아."

루리코가 다시 한번 같은 말을 되풀이했다. 하니오는 귀찮아서 그냥 'ACS 사람'이 되기로 했다.

"그럼 그 사람한테 볼일이 있었던 거네. 생명보험이 암호일 줄은 몰랐어. 그 사람이 미리 언질을 줬다면 좋았을 텐데. 그래도 연기는 어쨌든 별로였어. 당신 ACS에서도 신입이지? 대체 훈련을 몇 달 받은 거야?"

"6개월."

"어머, 정말 조금 받았네. 그렇게 짧은 시간에 용케도 동남아시아 언어부터 중국의 여러 사투리까지 통달했네?"

"네, 뭐."

어쩔 수 없이 그는 애매한 대답을 했다.

"그래도 과연 배짱 하나는 두둑하네. 감탄했어."

루리코는 홀가분한 표정으로 빈말을 하고는 일어나서 발코니 바깥을 살펴보았다. 발코니에는 흰 페인트가 벗겨진 가든 체어가 놓여있었고, 같은 디자인의 가든 테이블 유리판 끝에는 어제 내린 빗방울이 남아 맺혀 있었다.

"그럼 그 사람은 당신한테 몇 킬로그램을 운반하라고 시킨 거야?"

뭐가 몇 킬로그램이라는 건지는 알 수 없었지만, 하니오는 "그건 말씀드릴 수 없습니다."라고 대답하고는 하품을 했다.

"라오스는 화폐가치가 싸니까. 비엔티안 시세라면, 도쿄로 가져오면 적어도 돈을 배로 벌 수 있을 거야. 일전 ACS 사람이 일을 감쪽같이 잘했지? 금을 왕수*에 녹여 스카치위스키 한 다스로 만들어 가져와서는 원래대로

---

* 진한 염산과 질산을 3대 1의 비율로 섞은 액체

금으로 복원했다던데, 그런 일이 가능해?"

"다들 고생한 경험담을 각색해서 허풍을 떠는 것뿐이에요. 저도 금으로 된 신발에 악어가죽을 덮어씌워 신고 왔는데 발이 정말 시리군요."

"이게 그 신발이야?"

루리코는 노골적으로 호기심을 보이며 하니오의 발치를 보았지만 그곳에서 황금의 무게감이나 반짝임을 발견할 수 없었고, 오히려 하니오가 고개를 숙인 루리코 가슴의 깊은 골을 보고 말았다. 그것은 노인이 말한 "서로 외면하는", 사이가 안 좋은 유방을 억지로 좌우로 밀어서 생긴, 깊고 분이 묻은 듯한 하얀 골짜기였다. 루리코는 여기에 하얀 분을 두드려 바르는 것 같았다. '저기에 입을 맞추면 분명 시카롤*에 코를 파묻은 느낌이겠지' 하고 하니오는 상상했다.

"미국 무기를 라오스 경유로 일본으로 밀수하다니, 대체 그런 건 어떻게 하는 거야? 일단 홍콩에 들르나? 왜 그렇게 귀찮은 짓을 해? 다치카와 미군 기지로 가도 되고, 이렇게 가까운 곳에 미국 무기 같은 건 널려있는데."

- 일본에서 유명한 베이비파우더

하니오는 그 말에 대꾸하지 않고 말했다.

"그건 그렇고, 남편분은 언제 들어오시죠?"

"점심때 잠깐 올 거야. 그 얘기는 하지 않았어?"

"제가 좀 빨리 와본 것뿐입니다. 그럼 그때까지 한번 같이 잘까요?"

하니오는 다시 한번 하품을 하며 상의를 벗었다.

"며칠 동안 밤을 새웠나 봐. 남편 침대를 빌려줄게."

"아뇨, 당신 침대면 돼요."

하니오가 갑자기 루리코의 팔을 붙잡았다. 루리코는 격렬히 저항하다가 손을 뻗어 권총을 다시 잡았다.

"바보 같으니. 죽고 싶어?"

"남편분이 집에 들어오건 들어오지 않건, 어차피 전 죽을 겁니다. 마찬가지 아니에요?"

"나한테는 달라. 지금 당신을 죽이면 난 살아남을 수 있지만, 남편이 돌아왔을 때 둘이 자고 있으면 둘 다 죽을 거야."

"간단한 산수군요. 그럼 하나 묻겠습니다만, 아무 이유 없이 ACS 소속 남자를 죽인 사람에게는 어떤 고문이 기다리고 있는지 아십니까?"

루리코는 새파래진 얼굴로 고개를 저었다.

"이런 겁니다."

하니오는 문득 장식장으로 걸어가 스위스 민속 인형 하나를 집어 들고는 척추를 한방에 부러뜨리는 시늉을 하면서 인형의 등을 완전히 젖혀 꺾었다.

5

 하니오는 먼저 옷을 다 벗고 침대에 들어가 멍하니 생각에 잠겨 계획을 짰다.

 '어쨌든 되도록 시간을 끌어야 해. 오래 끌면 끌수록 좋아. 그만큼 남편이 들어와서 쏜 총에 맞아 죽을 가능성이 높아지니까.'

 그는 한창 행위를 하는 중에 죽는 게 정말 멋진 죽음이라고 생각했다. 노인이라면 명예롭지 않겠지만, 젊은이라면 그만큼 명예로운 죽음은 없다.

 이상적이고 가장 좋은 죽음은, 당연히 죽기 직전까지 아무것도 모르고 있다가 절정에 이르렀을 때 갑자기 나락으로 떨어지는 것이다.

  하지만 하니오의 경우 일이 그렇게 흘러가서는 안 됐다. 죽음을 예감하면서도 시간을 끌어야만 하고, 그것이 지금 의뢰받은 일이다. 평소라면 그 공포와 불안이 성적 쾌락에 방해가 되겠지만 하니오의 경우는 다르다. 당장 코앞에 닥친 죽음이란 입을 떡 벌리고 있는 공간 같은 것이고, 이미 본 적이 있는 공간이니 아무렇지도 않다. 그곳에 이르기 전까지 이쪽에 있는 것은 찰나의 삶일 뿐이고, 이 순간을 충분히 즐기며 시간을 끌면 된다.

  루리코는 상당한 자신감이 있는 듯했다. 창문의 베네시안 블라인드를 반쯤 아무렇게나 닫고는 커튼도 치지 않고, 수족관 같은 푸른 빛 속에서 옷을 스스럼없이 다 벗었다. 욕실 문이 활짝 열려 있어서, 거울 앞에서 옷을 다 벗고 겨드랑이에 향수 스프레이를 뿌리거나 귀 뒤에 향수를 바르는 모습이 훤히 다 보였다.

  등부터 엉덩이로 떨어지는 몸 선이 붕긋해서 안으면 기분이 좋을 것 같았다. 그녀를 쳐다보며 흥분하기 시작한 하니오는 이러면 안 되겠다고 생각했다.

  이윽고 벌거벗은 그녀가 침대 주위를 한 바퀴 우아하게 돌더니 사무적인 태도로 침대 안으로 들어왔다.

첫 동침에 할 만한 대화가 아니라는 것을 알면서도, 하니오는 호기심을 억누르지 못하고 물었다.

"대체 왜 침대 주위를 한 바퀴 도는 거죠?"

"나만의 의식. 보통 강아지가 자기 전에 그러잖아? 일종의 본능이지."

"깜짝 놀랐네."

"자, 이제 시간이 없어. 어서 날 안아."

루리코는 눈을 감고 두 손으로 하니오의 목을 껴안고서 나른하게 말했다.

하니오는 충분히 시간을 들여 한 번 시도하고, 다시 준비 단계로 돌아가 두 번째 시도를 한 후 또다시 준비 단계로 돌아가 몇 번이고 애를 태우며 시간을 끄는 작전에 돌입했다. 그러나 첫 시도를 했을 때 일이 예상과는 다르게 흘러가서 놀랐다. 루리코의 몸은 노인이 그런 집념을 품을 만한 것이었다. 그래서 하니오의 계획이 자칫하면 어그러질 뻔했지만 겨우 버텼다.

문제는 루리코가 언제까지고 이 상태로 있고 싶다고, 아무리 죽음의 위험이 닥쳐올지언정 이 상태로 있고 싶다는 생각이 들게 한다는 것인데, 하니오는 그 점에 대해 자신의 모든 경험치를 발휘했다. '만약 여기에서 끝난다면 얼마나 아쉬울까.' 하는 마음을 진득하게 심어주고, 애태울 대로 애태우면서 '끝나지 않았다, 다행이다.'라는 기분이 들게 만드는 것이다. 그러기 위해 짧은 휴식 시간을 잘 배분하는 일에는 자신이 있었다. 루리코의 몸은 완전히 분홍빛이 되었고, 침대에 누워있으면서도 어쩐지 온몸이 붕 떠 있는 느낌임을 알 수 있었다. 그녀는 눈물을 흘리며 천장의 빛에 매달리려다가 다시 미끄러져 떨어지는 수인囚人이었다.

하니오는 그녀의 몸을 공략하다가 쉬고, 쉬고 나서는 다시 공략했다. 하지만 자신이 루리코의 이상한 계략에 빠질까 봐 자제하느라 그는 언제까지나 만족하지 못하고 상대가 꿈의 한 계단 한 계단을 올라가는 뒷모습을 멍하니 바라볼 수밖에 없었다.

그러던 중 하니오는 현관문이 살며시 열리는 소리를 들었다.

루리코는 그 소리를 못 듣고 여전히 은은하게 땀이 밴 얼굴을 가로 저으며 눈을 꼭 감고 있었다.

'드디어 올 게 왔군.'

하니오는 생각했다. 이제 아마도 무소음 권총 같은 것이 자신의 등부터 루리코의 가슴까지 작고 빨간 터널을

뚫을 것이다.

　문이 살짝 닫히는 소리가 들렸다. 방 안에는 분명 사람이 있었다. 하지만 아무 일도 일어나지 않았다.

　하니오는 뒤돌아보기도 귀찮았지만, 어차피 이렇게 여유 시간이 주어진 거라면 하던 일을 끝내도 된다고 생각했다. 그 순간에 죽음이 찾아온다면 그건 횡재다. 그는 그때를 기다리며 살아오지는 않았지만, 때마침 찾아온 요행을 탐하는 기분으로 루리코의 비할 데 없이 아름다운 덫에 몸을 던졌다. 여진이 잦아든 뒤에도 아무 일도 일어나지 않았기에, 그는 뱀이 구부린 고개를 쳐들 듯이 루리코의 몸 위쪽에서 고개를 돌려 뒤를 돌아보았다.

　그러자 그곳에는 별난 적갈색 상의를 입은 뚱뚱하고 우스꽝스럽게 생긴 남자가 베레모를 쓰고서, 커다란 스케치북을 무릎에 펼치고 연필을 열심히 움직이고 있었다.

　"아, 그대로, 그대로."

　가볍게 말하고는 얼굴을 다시 종이로 향했다.

　그 목소리를 듣자 루리코는 펄쩍 뛰었다. 공포에 질린 루리코의 엄청나게 진지한 얼굴에 하니오는 깜짝 놀랐다.

　루리코는 강한 힘으로 시트를 확 잡아채고는 그것을 몸에 감고 침대 위에 앉았다. 덕분에 하니오는 알몸인 채로 홀로 남겨졌고, 침대 위에 그대로 앉아 곁눈질로 루리코와 중년의 남자를 번갈아 살펴볼 수밖에 없었다.

"왜 쏘지 않는 거지? 어서 죽이지 않고 뭐해?"

루리코는 격앙된 목소리로 외쳤다. 그러다 우는 목소리로 말했다.

"알겠다. 괴롭히다가 서서히 죽일 셈이지?"

"조용, 야단 피울 거 없어. 진정해."

남자는 미련이 남은 듯 연필을 움직이며 어색한 일본어로 하니오를 완전히 없는 사람 취급하며 말했다.

"지금 데생을 다 마친 참이야. 좋은 작품이 될 것 같아. 당신들이 운동하는 모습은 정말 아름다웠어. 영감이 떠올랐으니까 잠깐 가만히 있어."

그래서 하니오와 루리코는 하는 수 없이 침묵했다.

6

"이제 다 됐다."

남자는 스케치북을 접더니 베레모를 벗어 책상 위에 함께 올려두었다. 그리고 두 사람에게 다가와 초등학교 선생님처럼 양손을 허리에 대고 말했다.

"둘 다 옷 입어. 감기 걸릴라."

하니오는 예상 밖의 일에 그냥 아무렇게나 벗어둔 옷을 입기 시작했고, 루리코는 침대 시트를 두른 채로 벌떡 일어나 욕실로 들어가버렸다. 질질 끈 시트가 문에 끼어서 혀를 차며 신경질적으로 당기자 문이 쾅 닫혔다.

"여기로 오게나. 한잔하지 그래?"

남자가 말했다.

하니오는 하는 수 없이 조금 전 루리코와 함께 술을 마시던 의자에 앉았다.

"저 여자는 몸치장에 시간이 걸려. 욕실에 30분을 있겠지. 기다려봐야 소용없어. 한잔 마셔. 그리고 다 마시면 집으로 얌전히 돌아가."

남자는 냉장고에서 맨해튼 병을 꺼내 와서는 칵테일 글라스에 체리를 한 알씩 능숙하게 넣고 그 위로 술을 따랐다. 남자의 손은 포동포동해서 한없이 너그러워 보였고, 손가락 사이에는 움푹 파인 데가 있었다.

"그건 그렇고, 당신은 누구냐느니 그런 건 묻지 않겠네. 물어봐야 소용이 없으니까."

"루리코 씨는 저보고 ACS 요원일 거라던데요…."

"그런 건 자네가 몰라도 돼. ACS 같은 건 스릴러 만화에서나 나오는 얘기지. 난 사실 정말 평화를 좋아해. 벌레 한 마리 죽인 적이 없어. 근데 저 여자가 불감증이잖아? 그래서 스릴을 주려고, 스릴을 맛보게 해주려고 이런저런 속임수를 썼지. 그래서 저 아이도 만족하고 장난감 총을 진짜 총인 줄 알고 휘둘러. 나, 사실은 완전 평화주의자야. 모든 나라의 국민들이 사이좋게 평화롭게,

무역이나 장사를 하면서 서로 돕는 게 중요하다고 생각해. 나, 남의 몸은커녕 마음에도 상처를 입히기 싫어. 그게 가장 중요한 휴머니즘 아닐까 싶은데. 그렇지?"

"지당하신 말씀입니다."

하니오는 어안이 벙벙해져서 말했다.

"이렇게 평화적인 나한테 저 여자는 아무 느낌이 없어. 저 여자는 스릴을 꿈꾸니 스릴러 만화를 아주 좋아하지. 그래서 나, 연기를 하는 거야. 살인을 여러 번 했다고 거짓말을 했어. ACS라든가 다양한 이야기를 주입했지. 저 여자가 그런 걸 좋아해서, 그러면 불감증이 나으니까 늘 그런 환상 속에 가두어둬. 만약 그 얘기가 진짜라면 일본 경찰, 강력하잖아? 날 이대로 내버려둘 리가 없지. 하지만 섹스를 위해서라면 살인 상습범에 암흑가 보스가 되는 것도 나쁘지 않네."

"알겠습니다. 그런데 왜 저를…."

"당신, 아무 죄가 없어. 루리코에게 기쁨을 준다면 그런 사람은 내겐 은인이고 나, 당신을 나무랄 이유가 전혀 없지. 한 잔 더 마시지 그래? 그리고 다 마시면 바로 집으로 돌아가. 두 번 다시 여기엔 오지 마. 나, 질투하게 되면 곤란하니까. 그래도 아까는 정말 좋은 그림이 완성

됐어. 봐봐."

중년 남자는 스케치북을 펼쳤다.

아마추어는 아닌 듯한 데생으로 그가 말하는 소위 '운동' 그림이 그려져 있었다.

그 그림은 하니오 본인이 보아도 묘하게 아름답고 순수하면서도 어쩐지 유연하고 날렵한 작은 야생동물들의 장난처럼 보일 뿐이었다. 인간이 넘치는 기쁨에 밝고 활기차게 춤을 추는 듯하니, 정말 '운동'이다. 하니오 자신이 지닌 섬세하고 이성적인 의식의 흐름은 그 그림에서 전혀 느껴지지 않는다. 무심코 하니오도 솔직하게 "좋은 그림이네요."라고 말하며 화첩을 돌려주었다.

"좋은 그림이지? 인간, 기쁠 때 가장 아름다워. 가장 평화로운 모습이야. 나, 이런 걸 방해하고 싶지는 않아. 이건 이대로 괜찮아. 그림으로 그려두면 돼. …그건 그렇고 루리코가 나오기 전에 돌아가."

남자는 일어나더니 손을 뻗어 악수를 청했다. 하니오는 그 쿠션처럼 푹신한 손을 잡고 악수하기는 꺼림칙했지만, 좋은 타이밍이라고 생각하고 자리에서 일어났다. 남자는 "그럼, 잘 가시게."라고 말하고는 문 쪽으로 다가가더니 하니오의 어깨에 손을 얹고 말했다.

"당신, 아직 젊어. 오늘 있었던 일은 다 잊어. 알겠나? 오늘 겪은 일, 여기, 오늘 만난 사람 모두 잊는 거야. 알겠나? 잊어버리면 당신, 좋은 추억이 생겨. 이 말, 당신의 인생에 대한 작별의 인사야. 알겠지?"

7

 이렇게 이해심 넘치는 어른의 말을 듣고 환한 야외로 나오자 하니오는 오늘 아침의 경험이 어이없는 환상 같다는 생각이 들기 시작했다. 스스로 남 못지않은 허무주의자라고 생각해왔는데, 어른의 지혜로 깨달음을 얻고 청년이었던 자신이 어엿한 어른이 된 듯한 기분이 들었다. 다시 말해, 그 남자는 자신을 어린애 취급하며 관대하게 봐준 셈이었다.

 겨울의 길거리를 걸으며 누군가가 자신을 미행하는 것 아닐까 싶어 뒤돌아보았지만 아무도 없었다. '나까지 스릴러 만화에 속은 것이 아닐까' 생각하자, 자신뿐만 아니라 의뢰인인 노인 또한 속은 게 아닐까 싶은 생각이 들었다.

근처에 새로 생긴 스낵바가 보여서 그곳에 들어가 쉬었다. 커피와 핫도그를 주문했다.

어린 여자가 프렌치 머스타드 병과 빵 사이로 탱글탱글한 소시지가 매끈한 얼굴을 내민 핫도그를 가지고 왔을 때 하니오는 무심하게 물었다.

"오늘 밤에 시간 있어?"

왠지 유리처럼 차가운 느낌의 마른 아가씨였는데, 대낮부터 짙은 화장을 하고 있었고, 입술 모양은 한평생 웃지 않으려 애쓰는 듯했다.

"아직 대낮이잖아."

"그러니까 오늘 밤에 시간 있냐고 물어보는 거야."

"대낮부터 오늘 밤이 어떻게 될지는 아직 모르지."

"흠, 한 치 앞은 어둠이라는 말인가?"

"맞아, 15분 이후에 일어날 앞일은 몰라."

"15분이라니 정말 똑 부러지네."

"왜냐하면 텔레비전도 15분마다 광고가 나오고 한 템포 쉬잖아? 그러고 나서 그다음을 기대하게 되고. 인간도 마찬가지야."

그렇게 말하고는 크게 웃으며 가버렸다. 다시 말해 차인 것이다.

하지만 하니오는 아무렇지도 않았다. 그렇군, 이 아가씨는 텔레비전을 인생의 축소판으로 삼는다. 그러면 만사가 확실하고, 정확하고, 안심이 될지도 모른다. 15분이 지나면 방송이 중단되고 광고가 나올 게 뻔한데, 오늘 밤에 일어날 일을 생각하는 게 무슨 의미가 있을까.

하니오는 집으로 돌아가도 의미가 없어서 여기저기를 돌아다니며 되도록 돈을 쓰지 않고 밤중에 집으로 돌아왔다.

주머니에 5만 엔이 들어있지만 이 돈은 왠지 돌려줘야만 할 것 같다.

노인은 또 언제 나타날까?

노인이 나타나 돈 이야기가 마무리될 때까지 그의 목숨을 구매한 사람은 아직 그 노인이니, 현관문에 걸어둔 '품절'이라는 팻말은 그대로 두는 편이 낫겠다.

그날 밤 하니오는 푹 잤다. 이튿날 아침 문 쪽에서 발소리가 났지만, 팻말을 보고 무슨 생각을 했는지 노크도 하지 않고 돌아갔다. 문득 '살인청부업자인가?' 하고 생각했지만, 자신이 아직도 가짜 스릴러에 속고 있는 거라며 반성하고 아침으로 마실 커피를 끓이면서 벽 거울을 향해 메롱을 했다.

이튿날 하니오는 어쩐지 하루 종일 노인을 목 빠지게 기다리고 있는 스스로에게 놀랐다. 어서 노인을 만나고 노인이 자신의 목숨을 어떻게든 해주었으면 싶었다. 이미 계산이 끝났다고는 해도, 상품에 조금 더 신경을 써주었으면 했다. 자기가 없을 때 노인이 오면 큰일이라는 생각에 그는 하루 종일 외출하지 않았다.

겨울의 해가 졌다. 캄캄해진 문 아래로 관리인이 나눠주는 석간신문이 쓱 들어왔다.

석간신문의 3면을 펼쳐본 하니오는 지면에 실린 루리코의 커다란 얼굴 사진을 보고 깜짝 놀랐다.

스미다강에서 미인의 익사체 발견.

자살인지 타살인지는 불분명.

다리 근처에서 발견된 핸드백 안에서는 주소를 알 수 없는 '기시 루리코'라는 이름의 명함이 발견되었다.

신문 기사는 이 사건을 엽기적이라는 시선으로 다루고 있었다.

8

 석간신문을 읽고서 루리코의 죽음에 망연자실해 있던 하니오의 집에 그 노인이 찾아온 것은 마침 딱 좋은 때였다.

 노인은 방에 구르듯 들어오더니 "해냈네, 해냈어. 잘했어. 그러고도 죽지 않다니. 흐음, 과연 장사치군. 고맙네. 고마워."라고 하면서 집안을 빙빙 돌면서 춤을 췄다.

 노인의 태도가 신경에 거슬린 하니오는 그의 멱살을 잡고 말했다.

 "그럼 어서 나가줘. 5만 엔은 돌려줄 테니까." 그는 돈을 노인의 주머니에 쑤셔 넣으며 말했다. "내 목숨을 판 돈이니 내가 살아있으면 돈을 받을 이유가 없어."

"이런, 이런. 잠깐만. 일단 내 이야기를 들어보게."

노인은 맹렬히 저항하며 손발을 버둥거렸다. 안쪽 문고리를 잡고서 소란을 피워대는 바람에 아파트 이웃들의 반응이 걱정스러워진 하니오는 끝내 손을 놓았다. 노인은 틀니에서 '슈슈' 소리를 내며 과장된 한숨을 쉬고는 바닥을 기어 겨우 의자로 가서 앉은 뒤 위엄 있는 척을 했다.

"난폭하게 굴지 말게. 이런 노인한테."

그리고 주머니에 돈이 들어있다는 사실을 깨닫고는 다시 흥분하며 돈을 끄집어내어 재떨이 위에 놓았다. 하니오는 혹시 노인이 지폐를 성냥으로 불태울 생각인가 싶어 흥미롭게 지켜보았지만, 그럴 기미는 없었고 꾸깃꾸깃한 지폐가 마치 지저분한 조화처럼 재떨이 위에 피어 있었다.

"내가 기뻐하는 게 어디가 어때서 그런가? 루리코가 나를 얼마나 경멸하고 괴롭혀왔는지 젊은 자네는 상상도 못 하겠지. 그 여자는 죽어 마땅하고 그게 당연한 응보야. 그나저나 자네는 루리코랑 잤지?"

하니오는 피가 거꾸로 솟는 기분이 들었지만 일단 눈

을 내리깔지 않을 수 없었다.

"어때, 내 말이 맞지? 잤지? 어? 특별한 여자지? 그런 생각 들지 않아? 그 여자와 자면 그 후로는 그 여자를 증오하게 돼. 다른 여자와의 관계는 모두 모래를 씹는 것처럼 느껴질 테니까. …그런데 난, 솔직히 말하자면 나이가 들어서 그 여자와 실제 행위를 하지 못하게 되어버렸어. 그렇게 되고 보니 어떻게 해서든 그 여자를 죽일 수밖에 없었던 거야."

"참 간단한 논리군요. 그래서 그 여자를 죽인 사람이 당신이에요?"

"어이, 이상한 농담은 집어치우게. 내가 그런 짓을 할 수 있었다면 왜 자네에게 부탁하러 왔겠는가? 죽인 사람은…."

"애당초 타살이 맞아요?"

"당연히 타살 아닌가?"

"전 모든 게 왠지 다 거짓말이고, 예상치 못한 우연의 연속으로 생긴 일이라는 기분이 들어서 미치겠다고요. 내일이라도 그 맨션에 다시 한번 가보고 싶은데…."

"그것만큼은 관둬. 거기엔 분명 경찰이 깔려 있을 거야. 거기에 일부러 걸려들려고 가는 녀석이 있겠는가?

그런 짓만큼은 절대 하지 말게."

"하긴 그렇죠."

하니오는 가봤자 아무 의미 없다는 생각이 들었다. 이미 그 보들보들한 몸이 존재하지 않는 텅 빈 집에 가본다고 해서 무슨 소용이 있을까. 그곳에는 이제 냉장고 속 차가운 권총만이 남아 있을 뿐이다.

"그런데 이상한 건…."

하니오는 그제야 침착하게 자신의 경험을 노인에게 털어놓을 마음이 들었다.

노인은 틀니에서 '슈슈' 소리를 내며 듣고 있었는데, 그러는 동안 검버섯투성이인 손으로 넥타이 매듭을 신경질적으로 매만지거나 듬성듬성 난 머리카락을 살짝 문지르는 등 멋쟁이였던 젊은 시절에 밴 버릇을 무의식적으로 내보였다. 그리고 창밖으로 시선을 돌려, 주택가 처마 사이에 있는 마른 버드나무가 창문의 빛을 받으며 차가운 밤바람에 능청거리는 모습을 내다보았다. 마치 자신이 지닌 쓸쓸한 쾌락의 기억을 더듬는 듯이.

"무엇보다 이상한 점은 저를 죽이지 않았다는 겁니다. 나중에 증인이 되면 곤란해지겠는데요?"

"그런 건 알 만하지 않은가? 물론 그 남자는 여자를

죽일 결심이 서 있었어. 그러기엔 자네가 걸리적거렸을 뿐이네. 알겠나? 그 남자도 아마 그 여자 때문에 몸이 축 나서 이제 쓸 수 없는 몸이 된 게 분명해. 그러니 여자를 자네와 함께 죽이면 두 사람을 자기 손에 닿지 않는 다른 세계로 함께 보내는 꼴이 되지. 그보다는 혼자 치밀하게 여자를 독점하는 살인을 하고 싶었던 거야. 물론 자네의 행위를 보고서 살의를 확실히 굳힌 건 분명하지만."

"그런데 그 남자가 정말 살인범일까요? 전혀 그렇게 보이진 않았는데."

"자네도 보는 눈이 없구먼. 그 남자는 살인 집단의 우두머리야. 자네가 아무리 증인이 되어도 결코 꼬리를 잡히지 않을 방법이 있어. 어쩌면 지금 그 남자는 뻔뻔스럽게 그 집에서 루리코의 죽음을 한탄하며 울면서 지내는 연기를 계속하고 있을지도 모르지. 그런데 살인사건 같은 건 빨리 잊는 게 최고야. 어차피 사건은 미궁에 빠졌고. 자네도 쓸데없는 참견 하지 말고 자기 장사에 힘쓰게나. …그럼 성공을 축하하는 의미로 5만 엔만 더 놔두고 가겠네."

노인은 커다란 크리스털 재떨이에 만 엔짜리 다섯 장

을 더 던져 놓고는 돌아갈 채비를 했다.

"그럼 이제 다시 뵐 기회는 없겠군요."

"그랬으면 좋겠네. 루리코가 내 이야기를 하지는 않았겠지?"

이쯤 되자 하니오는 약간 장난기가 발동해 이렇게 말했다.

"글쎄요. 이야기를 전혀 하지 않은 건 아니죠."

"엇," 노인의 얼굴은 파랗게 질렸다. "설마 내 신분이나 이름을…."

"글쎄요. 어떨까요?"

"자네는 날 협박할 셈인가?"

"제가 어르신을 협박한들 당신이 딱히 형법상 범죄를 저지른 건 아니잖아요."

"그건 그렇지만…."

"세상의 위험한 톱니바퀴를 움직이려고 잠깐 서로 협력했을 뿐 아닙니까? 보통 그렇게만 하면 세상은 꿈쩍도 하지 않지만, 제가 목숨을 버릴 작정을 하니 생각지도 않은 살인도 일어나는군요. 굉장하지 않습니까?"

"자네는 자동판매기 같고 기묘한 사내군."

"맞아요. 동전을 넣으면 그걸로 충분합니다. 기계는 목숨을 걸고 일하죠."

"인간이 그렇게까지 로봇이 될 수 있나?"

"뭐, 득도한 거죠."

하니오는 히죽 웃었는데 이 얼굴이 노인에게는 아주 꺼림칙했던 모양이다.

"대체 얼마를 더 원하나?"

"돈이 필요한 상황이 오면 다시 받으러 가겠지만, 오늘은 이걸로 됐습니다."

노인은 한시라도 빨리 도망쳐야겠다는 듯 현관문으로 돌진했다.

그 등 뒤로 "샴 고양이는 키우지 않으셔도 됩니다. 제가 살아있으니까요."라고 외친 하니오는 현관 밖으로 손을 뻗어 '라이프 포 세일' 팻말을 앞면으로 뒤집어놓고는 하품을 하며 집안으로 돌아왔다.

9

그는 한 번 죽은 인간이었다.

그러니 이 세상에 아무런 책임도 없고, 집착도 없을 터였다.

그에게 세상이란 바퀴벌레 활자로 채워진 신문지에 지나지 않았다.

그렇다면 루리코는?

루리코는 시신으로 발견되었고, 경찰은 범인 찾기에 혈안이 되어 있을 것이다. 그는 ㄱ 맨션에서 딱히 남의 눈에 띄지 않았을 자신이 있고, 20분 동안 복도에서 기다리는 사이에 마주친 사람도 아무도 없다. 맨션을 나와

이 집까지 오는 길에 미행이 붙은 흔적도 없다. 그는 말하자면 연기처럼 사회 속에 섞여 들었다. 참고인으로 불려 갈 염려도 물론 없다. 위험한 점이라면 그 노인이 참고인으로 불려 갈 가능성이 있다는 것이다. 그때 경찰에게 하니오 이야기를 할지가 문제인데, 그런 문제도 결코, 절대로 걱정할 필요가 없다. 노인이 하니오와 교류한 사실에 대해 겁을 먹은 게 분명하기 때문이다.

그렇다면 설령 하니오가 루리코를 죽였다고 해도, 그 사건은 결국 미궁에 빠졌을지도 모른다.

거기까지 생각이 미치자 오싹했다.

어쩌면 루리코를 죽인 것은 하니오 자신이 아닐까?

왠지 모든 게 비현실적인 세상에서, 자신도 모르는 사이에 그 베레모를 쓴 이상한 남자의 최면에 걸려 루리코를 죽여버린 것 아닐까? 어쩌면 푹 잤던 그날 밤에.

자신의 목숨을 팔려고 내놓은 일이 결국 살인으로 이어진 것 아닐까?

아니지, 그건 망상이다. 내게는 책임도 없고 뭣도 없다. 사회와 하니오를 잇는 실은 이미 진작에 끊어졌을 터였다.

그렇다면 루리코와의 그 달콤하고 끈덕진 추억은 대

체 무엇일까? 자신의 육체가 어떤 기쁨을 느꼈다는 건 무슨 뜻일까?

혹시 루리코라는 여자가 진짜로 존재하지 않았던 건 아닐까?

그는 자신의 장사에 대해 더 이상 끙끙대며 노심초사하지 않기로 했다.

오늘 밤엔 혼자 무얼 할까. 목숨은 10만 엔에 팔렸고, 다시 다른 데 팔 수도 있다.

하니오는 술을 마시는 것처럼 흔해 빠진 일은 하고 싶지 않았다. 그때 문득 생각난 듯 선반 위에서 우스꽝스러운 얼굴의 생쥐 봉제 인형을 꺼냈다. 예전에 그런 공예품을 만들던 여자아이가 가져다준 것이었다.

그 생쥐는 입이 여우처럼 뾰족하고 코끝에는 털이 드문드문 나 있었다. 작은 눈은 검은 비즈로 되어 있었고, 그런 아이디어는 흔한 것이었다. 그런데 그 생쥐는 미치광이에게 입히는 아주 작은 옷을 입고 있었다. 즉, 손을 포박할 목적으로 양손을 모아 움직이지 못하게 하는 튼튼하고 하얀 셔즈였다. 그리고 그 가슴에는 영어로 이렇게 적혀 있었다.

"이 환자, 난폭함 주의."

하니오는 그 생쥐가 움직이지 못하는 게 순전히 그 옷 때문이라고 생각했고, 생쥐가 정말 평범하고 흔한 생쥐의 얼굴로 있는 건 미쳤기 때문이라고, 지극히 논리적으로 생각했다.

"자, 생쥐 군."

그가 그렇게 말했지만 대답은 없었다. 생쥐는 대인기피증에 걸렸는지도 모른다. '시골 쥐 서울 쥐' 이야기는 아니지만, 이 생쥐도 어쩌면 시골 쥐라서 약아빠진 서울 쥐에게 속았고 대도시의 중압감에 짓눌렸는지도 모른다. 그리고 대도시 안에서 한 마리의 생쥐란 대체 어떤 존재인지를 고민하다가 결국 심한 발작을 일으켰는지도 모른다.

하니오는 이 생쥐와 느긋하게 저녁을 먹기로 마음먹었다.

그는 테이블 맞은편에 생쥐를 앉힌 뒤 꽉 끼는 옷 위로 냅킨을 걸어주고, 저녁 식사가 준비될 때까지 기다리게 놔두었다. 미친 생쥐는 정말 얌전히 기다렸다.

하니오는 생쥐가 먹을 메뉴를 생각하다가 치즈와 뾰족한 이로 쉽게 씹을 수 있는 작은 스테이크 따위를 만들었다.

자신이 먹을 음식도 만들어 테이블에 놓고는 이렇게 권했다.

"자, 생쥐 군. 먹어라. 사양 말고."

하지만 대답이 없다. 미친 생쥐는 거식증에 걸린 모양이었다.

"어이, 왜 안 먹는 거야. 내가 이렇게 애써 만든 요리가 마음에 안 들어?"

여전히 대답이 없었다.

"아, 식사 중에는 음악이 없으면 안 된다는 거구만. 취향 한번 고급스럽네. 네 마음에 들 만한 조용한 곡을 틀어줘야겠군."

그는 밥을 먹다 말고 일어나 드뷔시의 〈가라앉은 성당〉을 스테레오에 틀었다.

생쥐는 여전히 뚱하게 앉아 음식에 입을 대지 않았다.

"이상한 녀석이군. 너는 생쥐니까 손을 쓰지 않아도 먹을 수 있을 텐데?"

대답이 없다. 하니오는 자기도 모르게 발끈해서 "내가 만든 요리가 마음에 안 드는 거야? 그러면 맘대로 해."라고 말하고는 작은 스테이크 그릇을 들어 생쥐의 얼굴에 음식을 끼얹었다.

생쥐는 그 충격으로 정말 쉽게 뒤집혀 의자 아래 바닥으로 떨어졌다.

하니오는 생쥐를 주워 들고는 "뭐야, 죽었어? 정말 쉽게 죽네. 부끄럽지 않아? 어? 어이, 장례식 따위 치러주지 않을 거야. 내가 밤을 새워줄 줄 알아? 생쥐는 생쥐답게 더러운 쥐구멍 안에서 바싹 말라가면 돼. 넌 정말 살아있는 동안에도 아무런 도움이 안 됐고, 죽고 나서도 쓸모가 없어."

그렇게 말하고는 죽은 생쥐를 주워 원래 있던 선반으로 던져 넣었다.

죽은 생쥐가 먹지 않은, 아주 작디작은 스테이크를 입안에 넣었다. 고기를 넣은 사탕 같고 훌륭한 맛이었다.

'누가 보면 고독한 인간이 고독에서 벗어나고 싶은 나머지 시시한 놀이를 하는 것 같겠지. 하지만 고독을 적으로 돌리면 큰일이야. 난 반드시 고독을 늘 내 편으로 둘 거야.'

하니오는 드뷔시의 곡을 들으며 생각했다.

그때 문에서 조심스러운 노크 소리가 들렸다.

10

 문을 열자 머리를 바싹 당겨 묶은, 눈에 띄는 특징이 전혀 없는 중년 여성이 서 있었다.
 "신문 광고를 보고서 찾아왔는데요."
 "아, 그러세요? 들어오시죠. 식사 중인데 거의 다 먹었어요."
 "실례합니다."
 여자는 주위를 두리번거리며 주뼛주뼛 들어왔다.
 남의 목숨을 살 정도로 당당한 일이 또 없을 텐데, 어째서 모든 손님이 이렇게 한심한 꼴로 들어오는 걸까?
 식사를 하면서 하니오가 흘긋대며 살펴본 바로는, 여

자의 촌스러운 옷차림에서 그녀는 그냥 아주머니가 아니라 전문대학에서 영문학을 가르치는 노처녀라는 느낌이 풍겼다. 젊고 팽팽한 학생들만 상대하다 보니 동성으로서 더더욱 '젊은 척하지 않는' 자기만의 개성을 내세우려는 유형이다. 어쩌면 이 여자는 보기보다 훨씬 더 젊을지도 모르지만.

"저, 솔직히 말하면 매일 몰래 문 앞까지 찾아왔었어요. 그런데 항상 '품절' 팻말이 걸려 있었거든요. 이게 무슨 일일까 싶었어요. 목숨이 품절이라면 당신은 이미 죽었을 테니까요. 그러다 오늘도 허탕 치겠거니 하고 거의 포기하고 왔는데 팻말이 반대로 뒤집혀 있고, '라이프 포 세일'이라고 적혀 있어서 마음이 놓였어요."

"네, 전에 맡은 일은 무사히 끝냈거든요. 목숨은 팔았지만 이렇게 살아남았으니까요."

하니오는 식후 커피를 여자에게 줄 것까지 하나 더 끓여서 두 잔을 내오며 말했다.

"그런데 무슨 일로 오신 거죠?"

"정말 설명하기가 힘드네요."

"여기에서는 걱정하실 필요가 없어요."

"그렇게 말씀하셔도 입이 안 떨어지네요."

여자는 잠시 잠자코 있다가 반달 모양의 눈을 크게 뜨고 하니오를 똑바로 바라보았다.

"제게 목숨을 파시면 이번에는 정말 살아 돌아올 수 없을지도 몰라요. 그래도 괜찮겠어요?"

11

하니오가 그 말을 태연히 받아넘기자, 여자는 오므린 입으로 커피를 홀짝이며 김이 샜다는 듯 다시 한번 목소리에 한껏 힘을 주어 말했다.
"당신은 진짜로 죽을 거예요. 괜찮겠어요?"
"네, 괜찮다니까요. 됐으니까 어쨌든 이야기를 들려주시죠."
"그럼 들어보세요."
여자는 마치 남자와 둘만 있는 방에서 겁탈당할까 봐 걱정이라도 된다는 듯 옷깃을 매만졌지만, 전혀 겁탈당할 만한 가능성이 있어 보이는 허리가 아니었다.

"사실 전 어떤 작은 도서관에서 도서 대출을 담당하는 사서 일을 하고 있어요. 어느 도서관이냐고 물어도 소용없어요. 도쿄 도내에 도서관은 경찰서만큼 많으니까요.

그런데 제가 혼자 살다 보니까, 도서관에서 집으로 가는 길에 다양한 석간신문을 사서 집으로 돌아가서는 인생 상담란이나 안내란, 구인란, 교환란 따위를 구석구석 읽는 버릇이 있거든요. 처음에는 펜팔란에 빠져서 일부러 사서함을 만들어 편지를 주고받았는데, 어차피 만나면 잘되지 않을 걸 아니까 상대가 열이 오를 대로 오르게 만들고서 그때 편지를 딱 끊는 방식으로 해왔어요."

"왜 '어차피 만나면 잘되지 않을 걸 안다'라는 거죠?"

하니오가 잔인한 질문을 했다.

"사람들한테는 저마다 이상이 있으니까요."

여자는 딴청을 부리며 고집스럽게 대답했다.

"…어쨌든 남의 이야기는 진지하게 잘 들으세요. 전 펜팔 놀이에도 질려서 더욱더 강한 자극을 원하게 되었어요. 그런데 그런 게 있을 법하면서도 없더라고요."

"그래서 제가 '목숨을 팝니다'라는 광고를 냈잖아요?"

"남의 이야기는 끝까지 듣는 거라고 했잖아요!? 올 2월 무렵, 그러니까 벌써 10개월 전에, 전 이런 '책을 찾습니다' 기사를 눈여겨보았어요.

 쇼와2년*에 발행된 야마기와 겐타로 저 『일본 딱정벌레 도감』 구함. 20만 엔을 현찰로 지불하겠음. 단 전질이 빠짐 없이 있어야 함. 연락 중앙우체국 사서함 2778

 왜 이리 높은 값을 부르나 생각했지만 '요즘은 대단한 가격의 헌책도 많다고 하니 정말 구하기 힘든 책이겠구나. 아무리 애를 써도, 헌책방에 부탁해도 구할 수가 없어서 이런 광고를 냈겠구나.' 하고 제 직업상 그렇게 생각하고는 잊고 있었어요.

 도서관은 매년 회계연도 말인 3월에 대청소를 하는데, 창고에서 먼지투성이인 책을 꺼내어 번호를 다시 매기는 일까지 해서 진짜 고생스럽거든요. 그러던 중 자연과학이라는 분류에 반쯤 상한 책이 몇백 권이 있었고 거기에 곤충학 관련 책이 열 권 정도 있는 게 눈에 띄었어요. 자연과학에서도 의학이나 물리 분야처럼 새로운 치료법이나 약이 발명되거나 새로운 발견이 있으면 가치가 전

* 1927년

혀 없어지는 책이 많은데, 곤충학이라면 그렇지도 않을 거라는 생각에 먼지를 털면서 한 권씩 살펴나갔죠.

그러던 중 우연히 '쇼와2년 발행 『일본 딱정벌레 도감』 야마기와 겐타로 저-유엔도 발행'이라는 책을 발견했어요.

무심코 제 머리에는 그 '책을 찾습니다'라는 광고가 떠올랐고, 오랜 세월 도서관에서 일하면서 단 한 번도 품은 적 없던 나쁜 마음이 싹텄어요."

12

— 그녀가 그 이후로 들려준 이야기를 요약하면 다음과 같다.

물론 그녀는 그때까지 나쁜 짓을 한 적이 한 번도 없었다.

그러나 그 순간 20만 엔이라는 돈에서, 선명한 물질적 환영은 아니지만 '다른 여자들을 거리낌 없이 똑바로 쳐다볼' 만한 복장이라든가 사치품에 대한 욕망이 움터 갑작스레 가슴속에서 콩을 볶는 듯한 소리를 냈다.

그녀는 근처에 있던 종이 쓰레기 속에 무심결에 『일본 딱정벌레 도감』을 숨겼다. 그러고는 시침을 뗀 얼굴로 정리를 계속하다가 "잠깐 쓰레기 좀 버리고 올게요."라고 말하고서 책이 든 종이 쓰레기를 통째로 들고 복도로 나가서는 책을 꺼내어 미리 정해둔 장소에 숨겼다. 이렇게 해두면 혹시 도서관 소장 도장이 찍힌 책이 세상에 나온다고 해도 쓰레기와 함께 실수로 버렸다는 변명을 할 수 있기 때문이다.

그리고 그날 밤 집으로 돌아온 그녀는 마치 수상쩍은 책을 펼치듯 두근거리는 가슴으로 『일본 딱정벌레 도감』을 펼쳐보았다. 페이지 사이로 먼지 냄새가 피어올랐다.

과연 이 책은 사람들이 신기해서 찾아볼 만한 기묘한 책이었다. 예술을 목적으로 쓴 책인지, 취미로 쓴 책인지는 알 수 없었다. 옛날에 인쇄된 것 치고는 원색판 삽화가 상당히 예뻤고 무슨 액세서리 광고처럼 다양한 곤충의 모습이, 오색찬란한 등의 광택까지 눈부시게 나와 있었다. 그리고 한쪽에는 도판 번호에 맞추어 각 곤충의 학명과 서식지에 대한 해설이 적혀 있었다.

하지만 무엇보다 기묘한 것은 분류 방식이었다. 목차기 자연과학 분류와는 달리 다음과 같은 식으로 되어 있었다.

제1류 호색과(미약목, 강정목)

제2류 최면과

제3류 살인과

⋮

통상적인 노처녀의 성격상, 그녀가 가장 읽고 싶은 제1류를 일부러 건너뛰고 제2류 이하로 눈길을 돌린 것은 당연지사였다.

특히 누가 그랬는지, 제3류인 살인과에는 빨간 동그라미와 밑줄이 마구 쳐져 있었다.

그중 132쪽에 '수염장수 꽃무지 Anthypna Pectinata'라는 말이 눈에 띄었는데, 그림을 찾아보니 특별할 것 없는 작은 갈색 딱정벌레였다. 목과 등 사이가 잘록하고 가장 윗다리가 있는 투박한 목 위로 솔 같은 것이 나 있는, 어딘가에서 본 적이 있는 듯한 벌레였다.

해설에는 이렇게 적혀 있었다.

혼슈, 도쿄 부근에 서식하며 장미, 누리장나무 등 각종 꽃에 모여든다.

채집이 비교적 용이한 딱정벌레지만, 이 벌레가 최면 작용뿐만 아니라 그 결과로 자살을 가장한 살인에도 효용을 발휘한다는 사실은 의외로 알려져 있지 않다. 이 딱정벌레를 말려서 빻아 만든 분말을 피질성 최면제 브롬발레릴 요소에 섞어 복용시키면 뇌가 수면 상태에 빠진 사이에 명령하여 당사자를 어떤 방법으로든 자살하게 만들 수 있다.

설명은 이게 전부였다.
하지만 이 부분을 읽었을 때 그녀는 직감적으로 이 책을 찾는 사람에게 범죄의 낌새를 느끼고, 책의 면지와 표지에 찍혀있던 도서관의 소장 인을 면도날로 정성스레 벗겨냈다. 그리고 사서함 번호 앞으로 엽서를 보냈다.

구하고 계신 책의 전질을 가지고 있습니다. 만일 아직 구하지 못하셨다면 제가 정하는 조건으로 양도하겠습니다. 단, 책과 맞교환을 해주십시오. 책을 가지고 갈 장소와 시간을 알려주세요. 되도록 일요일이 좋습니다.

이런 간단한 엽서였고, 자신의 사서함 번호를 썼다.
— 답장이 온 것은 나흘 뒤였다.
그다음 주 일요일로 정한 것은 그렇다 쳐도 장소가 지

가사키라는, 후지사와역에서 상당히 먼 곳에 위치한 별장 느낌의 '나카지마'라는 사람의 집이었고 그 소재지를 표시한 지도가 동봉되어 있었다.

그런데 편지에는 오자가 많고, 글씨체가 이상하고 비뚤비뚤한 데다 그녀의 이름조차 잘못 적혀 있었다.

'보나 마나 퍽이나 이상한 사람일 거야.'

그녀는 생각했다.

화창하지만 바람은 찬 봄의 일요일 오후, 그녀는 후지사와역에서 출발하여 지도에 표시된 바닷가 방향으로 걸었다.

포장도로에서 한 블록 더 안쪽으로 들어가자 비포장도로가 나왔고, 오래된 별장 지대의 돌담이 모래에 약간 묻혀 있었다. 노랑나비가 날아다녔다. 별장지 어디에도 아직 인기척은 없었다. 물론 요즘은 이 근방에 살면서 도쿄로 출퇴근하는 집도 많을 테지만, 특히 이 일대는 오래전부터 별장지로 쓰이는지 유난히 조용했다.

'나카지마'라는 문패가 있는 낡은 대문으로 들어서자, 집까지 긴 모랫길이 나 있고 소나무 숲 안쪽으로 서양식 건물이 보였다. 넓은 정원은 황량했고, 축축한 해풍이 휘몰아쳤다.

벨을 누르자 뚱뚱하고 불그스름한 얼굴의 서양인이 나와서 그녀는 깜짝 놀랐다. 그 서양인은 지나치게 유창해서 꺼림칙하게 들리는 일본어로 "편지 감사합니다. 기다리고 있었습니다. 어서 들어오시지요."라고 말했다.

그는 화려한 체크무늬의 스포츠 셔츠를 입고 있었고, 안내받은 방에는 또 다른 외국인 한 명이 더 있었다. 사마귀처럼 깡마른 그 외국인은 의자에서 일어나 예의 바르게 인사했다.

무시무시한 분위기라면 도망칠 생각으로 왔는데, 여섯 평 정도 크기의 방에는 미국식의 묵직한 등나무 의자 세트가 있었고, 가구가 카펫도 없는 바닥 위에 그냥 놓여있는 모습이 마치 임시로 살고 있는 듯한 느낌이었다. 그것 말고는 딱히 눈에 띄는 가구도 없었다. 도코노마*에는 컬러텔레비전이 놓여있어 아무것도 나오지 않는 브라운관이 검푸른 늪의 수면 같은 색을 띠고 있었다.

장지문이 활짝 열려있고 모래가 서걱거리는 복도에는 잘 맞지 않는 유리문이 달려있었는데, 그 유리문에서 끊

---

* 일본식 방에서 바닥을 한층 더 높게 만들어 족자를 걸거나 장식품을 놓는 곳

임없이 바람에 덜컹이는 소리가 났다. 살펴보니 잠금장치도 없고, 어디로든 도망칠 수 있는 개방감 있는 분위기였다.

깡마른 남자가 술을 권했지만 그녀는 거절했다. 거절하자 레몬수 같은 음료를 가지고 왔는데 거래가 끝나기도 전에 수면제라도 먹게 되면 큰일이라는 생각에, 목이 꽤 말랐음에도 그녀는 손을 대지 않았다.

일본어를 하는 뚱뚱한 외국인은 그녀에게 의자에 앉기를 권하고 나서 전혀 말을 걸어오지 않았다. 『일본 딱정벌레 도감』에 대해 아무 말도 꺼내지 않자, 그녀는 책을 고이 넣어둔 쇼핑백을 무릎 위에 올려두고 주의를 끌려는 듯 버스럭거렸다.

그래도 아무런 반응이 없었다.

두 남자는 영어로 무슨 이야기를 계속 소곤거리며 그녀를 계속 무시했다. 영어는 한마디도 모르지만, 표정을 보아하니 무언가 진지한 이야기라는 건 알 수 있었다. 그녀는 점점 초조해지기 시작했다.

그때 현관 벨이 울렸다.

"오, 메이비, 헨리…."

뚱뚱한 외국인이 이렇게 말하면서 서둘러 현관으로

나갔다.

그러자 물개처럼 귀를 늘어뜨리고 온몸에 기름칠을 한 듯한 닥스훈트를 앞세우고 산책용 옷을 입은, 약간 연배가 있는 멋진 외모의 외국인 남자 한 명이 들어왔다. 뒤따르는 두 사람의 태도로 보아 그 사람이 그들의 보스임을 알 수 있었다. 두 사람은 공손하게 그녀를 그 남자에게 소개했다. 개는 기분 나쁘게 허리를 흔들었다.

그 남자는 일본어를 전혀 모르는지 영어로 어떤 말을 빠르게 했는데, 상투적인 인사말이었다. 뚱뚱한 남자가 통역했다.

"헨리 씨는 당신이 약속대로 와주신 점에 매우 감사하고 존경한다고 합니다."

그녀는 딱히 존경받을 이유는 없다고 생각했지만, 이어서 "책은 가지고 오셨죠?"라는 말을 듣고 비로소 본론으로 들어갔다는 사실에 기뻤다.

꾸러미를 펼쳐 책을 내밀면서, 뚱뚱한 외국인에게 "돈이요, 저기, 머니를 잊지 마세요."라고 말했지만, 그는 들은 척도 하지 않았다. 그냥 가져가버리는 게 아닐까 하는 공포가 그녀의 목 언저리를 괴롭게 했다.

연배가 있는 외국인은 끊임없이 책을 넘겼다. 안색이

환해서 그가 만족하고 있다는 사실을 알 수 있었다.

"미안합니다. 이제까지 손에 넣은 책은 모두 30쪽 정도가 싹둑 잘려 있었어요. 제 생각에는 그 당시 일본 경찰이 자른 것 같아요. 자르지 않은 책을 처음 발견해서 보시다시피 헨리 씨 기분이 아주 좋습니다. 그 부분을 우선 살펴보고, 그러고 나서 돈을 드리겠습니다. …자, 여기 20만 엔이에요. 맞는지 잘 세어보고 받으시죠."

뚱뚱한 남자가 법랑철기 같은 하얗고 번들거리는 뺨에 보조개를 지어 보이며 돈을 건넸다. 개가 그 돈다발 냄새를 맡으러 다가왔다.

손이 베일 것 같은 빳빳한 만 엔짜리 지폐가 스무 장이 맞는지 세고서 안심한 그녀는 이런 곳에 오래 있어도 소용이 없다는 생각에 곧바로 돌아가기 위해 의자에서 일어났다.

"이런, 벌써 가십니까?"

뚱뚱한 남자가 그렇게 말했고, 마른 남자도 일어나 그녀를 만류했다.

"이렇게 먼 데까지 와주셨으니 식사라도 하시고 천천히 가시면 어떨까요?"

"아뇨, 괜찮아요."

그녀는 뿌리치듯 나가려 했다. 무시무시한 상황에 놓일 듯한 예감이 들었기 때문이다.

뚱뚱한 남자가 갑자기 그녀의 귓가에 입을 바짝 대고 이렇게 말했다.

"근데 50만 엔 더 갖고 싶지 않아?"

"네?"

그녀는 자신의 귀를 의심하며 멈춰 섰다. …

13

— 하니오는 점점 흥미를 느끼며 재미는 없어도 잘 정리된 그녀의 이야기에 빠져들고 있었다.

"와, 꽤나 배포가 크군요. 그래서 50만 엔을 더 받고 돌아오셨어요?"

"아무리 그래도 그렇지. 전 다 뿌리치고 돌아왔어요. 제 뒤를 쫓는 기척은 없었지만 후지사와역까지 거의 뛰어와서, 덕분에 온몸이 땀으로 흠뻑 젖었어요."

"그래서 그 집으로 다시 갔어요?"

"사실은 말이죠."

"그 사람들이 또 오라고 했나요?"

"아뇨, 왠지 그 이야기의 뒤가 궁금해서 7월쯤 되어 아주 화창하고 무료한 일요일에 다시 상황이 어떤지 살피러 가보았어요. 안에 인기척이 있어서 벨을 눌렀더니 이번엔 일본인 아주머니가 나오더라고요. 당황해서 '저기, 헨리 씨는요?' 하고 묻자 '아, 외국인 분이요? 봄쯤에 2~3주 동안 임시로 빌려 산 적이 있지만, 그 후로는 어디서 지내시는지 모르겠네요.' 하고 쌀쌀맞게 말해서 그냥 돌아와 버렸어요."

"흠. …어쨌든 뭐 재미있는 이야기이긴 한데 대체 그 이야기가 저랑 무슨 관련이 있죠?"

"점점 그 관계가 드러날 거예요."

여자는 그렇게 말하고는 담배를 달라고 하더니 불을 붙였다. 그 몸짓은 전혀 관능적이지 않고, 복권을 파는 아주머니가 복권을 강매하고 나서 담배까지 빼앗는 것처럼 뻔뻔함이 넘치는 태도였다.

"그 후로는 아무런 일도 일어나지 않아서 사서함만 그대로 놔두었는데, 상대에게도 딱히 연락이 오지는 않았어요.

그런데 최근에 당신의 '목숨을 팝니다' 광고를 보고서 저는 문득 어떤 생각이 떠올랐어요. 그 50만 엔이라는 게 어쩌면 저보고 실험 대상이 되어달라는 의미가 아니었을까 하고. 그렇다면 충분히 앞뒤가 맞잖아요?

그리고 만약 상대가 당신의 광고를 본다면 분명 당신에게 연락해올 거라고 생각했어요."

"그런 연락은 전혀 없었어요. 무엇보다 그런 불량한 외국인들은 요즘 홍콩이나 싱가포르로 가잖아요?"

"만일 ACS라면요."

여자가 말했다.

"네?"

하니오는 자신의 귀를 의심했다.

14

이런 여자가 ACS를 알고 있다니!

그 외국인이 스릴러 만화 창작에 지나지 않는다고 했던 ACS가 어쩌면 루리코의 죽음과 관련이 있을지도 모른다는 의심이 들었던 만큼, 이 여자에게 이런 이야기를 들으니 모든 일이 하나의 실로 이어진 듯한 느낌이 들었다. 어쩌면 그 '목숨을 팝니다' 광고 때문에 자신이 ACS의 도구로 쓰이고 있는 게 아닐까 하는 의혹이 생겼다.

하지만 어떻게 생각하면 그 정도로 교묘한 조직에 속한 여자가 ACS 같은 말을 입에 함부로 담을 리는 없다. 여자는 그냥 천진난만하게 그렇게 말했을 것이고, 지가 사키에서 있었던 외국인과의 거래 또한 그녀가 본 그대로 정직하게 이야기한 게 분명했다.

"ACS라는 게 대체 뭡니까?"

"어머, 모르세요? '아시아 컨피덴셜 서비스'라는 비밀 조직인데 마약 밀수와도 관계가 있다는데요."

"당신이 그런 걸 어떻게 알죠?"

"도서관에서 마약 거래를 하는 외국인이 있었거든요. 매일 와서 공부를 열심히 하는 외국인이라고 감탄했었는데, 붙임성도 좋고 잘생긴 데다 로스앤젤레스에 있는 C대학 조교수라더군요. 일본 역사에 관한 연구를 매일 하는 것 같으니 틀림없이 그 분야에서는 유명한 학자일 거라고, 동료랑 이야기했었어요.

그런데 열람실에서 그 사람이 항상 앉는 자리 옆에, 언젠가부터 그와 마찬가지로 단골인 백수 같은 일본인이 앉는다는 사실을 알아챘어요. 이 도서관에서 서로 알게 된 사이인 것 같았고, 그 남자도 일본 역사책만 빌려서 '저 사람, 자기가 일본인이면서 일본 역사에 대해 더 조예가 깊은 외국인한테 이것저것 배우는 모양이야. 정말이지 거꾸로 된 세상이네.'라고 동료 직원이 말했을 정도예요.

그러다 접수를 맡은 아가씨도 그 외국인이랑 아주 친

해져서 근처 찻집에 같이 가게 되었어요. 공교롭게도 그 외국인이 조심성이 많은 성격이라 다른 친구들도 불러 함께 가자고 해서 그 아가씨가 뾰로통해서는 우리를 부르러 왔어요. 저도 내키지 않았지만 결국 함께 가게 되었지요.

그게 작년 5월 무렵이었을까요? 너무 인상 깊어서 아직도 그날 저녁에 있었던 일을 생생히 기억해요. 그 외국인은 물론 일본어에 능숙했고, 이름은 도드웰이었어요. 우리는 도서관에서 마을로 이어지는 아름다운 가로수길 아래를 걸어갔어요. 도서관 문을 닫은 직후라 햇빛이 밝았지요. 그리고 단골 찻집으로 도드웰 씨를 안내하면서 우리 세 사람은 경쟁심이 더해져서 두근대는, 약간 들뜬 기쁨을 느꼈죠.

앉아서 이런저런 이야기를 하다 보니 그는 과연 말주변도 대단하더군요.

'이렇게 아름다운 분들과 동남아시아의 차를 마시고 있으니 마치 오오쿠大奧*에 온 도쿠가와 장군 같은 기분

* 에도 시대에 쇼군의 모친과 미성년 자녀, 본처와 첩, 시녀 등이 지내던 구역

입니다.' 같은 소리를 해서 모두가 웃었어요. 이건 듣는 사람에 따라서는 상당히 실례가 되는 농담이었지만, 도드웰 씨의 입에서 나오니 정말 천진난만하게 들렸죠.

이런저런 이야기를 하던 중 도드웰 씨는 기분 좋은 말투로 이야기를 꺼냈어요. 다만, 그가 말하는 일본어는 무언가 감정이 없고 기름을 지나치게 많이 부은 기계처럼 너무 막힘없이 돌아가는 기미가 있었지만요.

'여러분, ACS라는 게 뭔지 아세요?'

'글쎄요, 텔레비전 방송국 이름일까요? 근데 일본에는 그런 방송국은 없는데. 그럼 미국 텔레비전인가?'

'아니면 텔레비전 제조 회사 이름 아냐?'

'내 생각엔 뭔가 국제 농업협력조직이라든가, 그런 것 같아. 어그리컬처 코퍼레이티브 시스템 같은.'

한 사람이 유식함을 내보이며 잘난 척을 해서 째려봐 주었어요.

도드웰 씨는 히죽대고 웃으며 듣다가 말했어요.

'마지막 대답이 약간 비슷하네요. 이것도 국제조직이기는 한데, 아시아 컨피덴셜 서비스라는 비밀조직이 있다는 것 같아요. 아주 무시무시한 조직인 모양인데, 심지어 당신들 근처에 있다는 것 같더군요.'

우리는 오싹해서 귀를 기울였어요.

도드웰 씨는 '도서관에서 계속 제 옆에 앉아 역사에 관한 질문을 하던 일본인이 있었잖아요? 그 도서관에서 그렇게 귀찮게 구는 남자는 없으니 안 그래도 짜증 났는데, 시시한 질문만 하더라고요. '구스노키 마사시게楠木正成•한테는 자식이 몇 명 있었죠?' 이런 식으로요. 전 잘 모르니까 귀찮아서 '열 명이요.'라고 말했더니 갑자기 그 남자의 얼굴이 환해졌습니다. 나중에 생각해보니, 암호에 대한 제 대답이 우연히 맞아떨어져서 그랬던 게 아닐까 싶습니다.

하지만 그 남자는 그 후로도 경계심을 늦추지 않고 단도직입적인 말은 하지 않았어요. 그런데 그저께 갑자기 그 남자가 '저, 당신 혹시 ACS에서 나온 사람 아닙니까?'라고 말하는 거예요.

제가 깜짝 놀라서 'ACS가 뭐죠?'라고 묻자, 그는 '아시아 컨피덴셜 서비스. …아, 다행입니다. 제가 사람을 착각해서 하마터면 당신을 죽일 뻔했어요.'라고 히쭉 웃으며 말하고는 잽싸게 돌아가버리더군요.

• 일본 가마쿠라 막부 말기와 남북조 시대의 무장

저는 너무 무서워서 저도 모르게 제 목덜미를 문질렀습니다. 아무래도 그 사람은 제가 조직의 일원이라고 생각했었나 봅니다.'

'어머, 무서워라. 바로 경찰을 부르지 그러셨어요?' 저희가 입을 모아 그렇게 말하니까 도드웰 씨는 '뭐, 일을 그렇게 키우기는 오히려 귀찮아서요.'라고 아주 얌전하게 생긴 입가를 오므리며 말했어요.

― 그날 이후로 도드웰 씨는 두 번 다시 도서관에 나타나지 않았어요. 그래도 ACS라는 이름만큼은 기억에서 지워지질 않네요."

15

…이야기를 여기까지 들은 하니오가 말했다.

"그럼, 혹시 그 도드웰이라는 남자가 진짜 조직의 일원이었던 게 아닐까요?"

하지만 크게 확신을 갖고 한 말은 아니었다.

"그런데 그렇다면 왜 스스로 그런 이야기를 했을까요?"

"도서관에서 연락하는 걸 들켰다는 착각에 역으로 속을 넌지시 떠본 게 아닐까요?"

"그런가?"

여자는 이미 그 화제에 흥미를 잃은 상태였다.

"그럼, 원래 하던 이야기로 다시 돌아가죠."

"그러죠. 이제 왜 당신의 목숨을 사러 왔는지를 드디어 이야기할 차례군요.

그 헨리라는 외국인이 당신에게 아직 연락하지 않았다면, 그 집을 나서는 길에 들은 '50만 엔 더 필요하지 않아?'라는 이야기가 아직 공중에 붕 뜬 상태지요.

저는 '목숨을 팝니다'라는 당신 광고를 봤을 때부터 그 꽃무지 약을 시험한다면 이 사람이 적임자라는 생각이 들었어요. 저한테 소개비로 10만 엔만 떼어 주고 40만 엔에 당신 목숨을 팔 생각 없어요? 그러면 그 40만 엔은 당신이 죽기 전에 책임지고 당신 가족들한테라도 보내줄게요."

"저한테는 가족이 없어요."

"그러면 목숨을 판 돈은 어쩌실 거예요?"

"당신이 그 돈으로 감당하기 힘든 커다란 동물, 예를 들면 악어라든가 고릴라 같은 걸 사줘요. 그리고 결혼 따위 포기하고 한평생 그 악어나 고릴라와 함께 사세요. 당신한테 어울리는 신랑은 그런 것밖에 없는 것 같으니까요. 핸드백 재료로 팔 생각 같은 건 하지 마시고요. 매일 사료를 주고 운동시키고 성심성의껏 사육해줘야 합니다.

    그리고 그 악어를 볼 때마다 제 생각을 해야만 해요."

"당신은 정말 이상한 사람이군요."

"이상한 건 당신이에요."

16

여자는 헨리의 사서함 앞으로 속달을 보냈다.

50만 엔에 약의 실험을 맡겠음. 단, 남성.

이런 간단한 편지에 대해 곧바로 시일을 정한 답장이 왔다.
1월 3일 밤, 시바우라 창고 거리에 있는 한 창고였다.
하니오는 약속을 잡아 만난 여자와 함께 겨울밤, 날아갈 듯한 차가운 달 한 조각 아래 인적이 없는 창고촌에 이르렀다. 다섯 번을 노크한 끝에야 문이 열렸다. 지하로 내려가는 계단은 여러 차례 굽이져 있었고, 그 끝에는 차가운 철문이 있었다.

그 문을 열자 얼굴에 후덥지근한 온기가 훅 느껴졌다. 내부는 난방을 틀어 따뜻했고, 붉은 카펫이 깔린 6평 정도 크기의 방이었다.

커다란 네모 창문 두 개가 나란히 나 있었고, 그 너머로는 해저의 지저분한 풍경이 보였다. 갖가지 오물과 쓰레기 더미가 물고기 한 마리 없는 물속을 채우고 있었다. 창틀 바로 옆에 하얗고 작은 물고기 사체 같은 게 떠올라 있었는데, 어쩐지 그게 인간의 태아 같아서 하니오는 서둘러 시선을 피했다.

하지만 방 안은 깔끔하게 꾸며져 있었고, 난로에는 전기로 된 붉은 조명이 가짜 장작을 은은하게 비추고 있었다. 연기가 외부로 나가는 방식의 난로는 일부러 설치하지 않은 것처럼 보였다.

그곳에는 하니오 일행을 기다리는 세 명의 외국인이 있었다. 닥스훈트를 잡아당기는 중년의 외국인이 헨리인 것 같았다.

"일전에 50만 엔이 더 필요하지 않냐고 물으셨지요?"

여자가 먼저 말을 꺼냈다.

"네, 그랬죠."

그중 한 사람이 일본어로 대답했다.

"그건 '약의 실험 대상이 되지 않겠는가' 하는 뜻이었죠?"

"잘 아시는군요. 그렇습니다."

"그래서 이 사람을 데리고 왔어요. 이 사람의 목숨은 제가 이미 샀으니 50만 엔을 바로 주세요."

외국인은 깜짝 놀라며 헨리에게 영어로 말하더니 셋이서 소곤소곤 의논했다.

"그럼 정말 죽어도 된다는 거죠?"

"그렇습니다."

하니오가 태연히 대답했다.

"여러분, 왜 깜짝 놀라는 표정을 짓는 거죠? 인생은 무의미하고 인간은 그저 인형에 지나지 않는다는 걸 당신들도 충분히 잘 알지 않아요? 당신들은 이 정도 일로 놀랄 분들이 아닐 텐데요."

"하긴, 그렇지요. 우리는 그 이후로 열심히 수염장수 꽃무지를 채집했어요. 브롬발레릴 요소를 섞은 약을 만들어 두세 명에게 먹이는 실험을 해보았죠. 역시나 그 책에 적힌 대로 저희 뜻대로 되더군요. 하지만 아직 자살하게 만든 적은 없어요. 인간의 생존 본능이 그때 어떻게 저항할지는 아직 의문이에요. 죽고 싶은 사람이 있다면 드디어 실험을 해볼 수 있는 거죠."

"그럼 먼저 50만 엔을 주시지요."

여자가 말하자, 헨리는 다른 남자에게 시켜 돈다발을 가져오게 했고 만 엔짜리 지폐 쉰 장을 정확히 세어 건넸다. 여자는 거기서 열 장을 세어 빼내고는, 자기 핸드백에 넣고 남은 돈을 하니오에게 건넸다.

테이블 위에 권총 하나가 놓였다.

"총알은 들어있어. 안전장치는 빠져있고. 총구를 당신 방향으로 겨누고 이 방아쇠를 당기면 그걸로 꼴까닥이야."

한 사람이 말했다.

하니오는 안락의자에 앉아 그들이 준 가루약을 물과 함께 모두 삼켰다.

༺༻

딱히 아무 일도 일어나지 않았다.

이로써 세상이 의미가 있는 것으로 변할 거라는 예감

은 전혀 들지 않았다.

꽃에서 꽃으로 날아다니는 평범한 딱정벌레, 꽃가루 속에 지저분한 코를 틀어박고 켁켁거리는 것 말고는 평생 무엇 하나 하지 않은 게으름뱅이 딱정벌레의 분말이 지금 자기 몸속으로 들어왔다고 해서 이 세상이 꽃밭으로 변할 리 없었다.

갑자기 눈앞에 있는 얼어붙은 노처녀의 얼굴이 크고 미세하게 보이기 시작했다. 이제껏 한 번도 느끼지 못했지만 그 여자의 눈 밑 주름 하나하나, 그 거친 뺨 피부의 모공 하나하나, 그 흐트러진 머리칼 한 올 한 올이 갑자기 여러 개의 종이 울리듯 이렇게 외치기 시작했다.

"당신을 사랑해."

"당신을 사랑해."

"당신을 사랑해."

그 소란함과 야단스러움에 하니오는 귀를 틀어막고 싶어졌다.

세상이 의미 있는 것으로 변한다면 죽어도 후회가 없다는 마음과, 세상은 무의미하니 죽어도 상관없다는 마음은 어디에서 접점을 찾는 걸까? 하니오에게는 어차피 죽는 것밖에 남아있지 않았다.

그러다 주위가 유동체가 되어 서서히 돌기 시작하고, 벽지가 바람을 품고 부풀어 오르는 모습이 보였다. 노란 새 같은 것들이 떼를 지어 어지러이 날기 시작했다.

어디선가 음악 소리가 들려왔다. 그 음악은 푸른 숲이 해초처럼 흔들리고, 등나무꽃처럼 생긴 꽃받침이 온 가지마다 다 돋아 늘어지고, 무수한 야생마가 그 아래를 뛰어다닌다는 환상을 불러일으켰다. 왜 그런 환상이 생기는지는 모르지만, 왠지 바퀴벌레 활자로 가득 찬 신문처럼 지루한 세상이 열심히, 무언가 훌륭한 것으로 바뀌고 있다는 노력을 보여주는 듯한 느낌이 들었다. '그렇다 쳐도 노력이 너무 뻔히 보이잖아' 하니오는 속으로 비평했다. '무의미 그 자체가 노력을 하다니 한심하군.'

그의 마음은 취하지도, 황홀하지도 않았다. 갑자기 세상은 다른 방식으로 변했다. 자기 주위에 무수하고 거대한 바늘이 돋아났다. 그 바늘은 번쩍번쩍 빛나고 바늘 끝에서 선인장꽃 같은 무언가가 일제히 피어났다. 붉거나 노랗거나 하얀 선인장꽃. 하니오는 싸구려 꽃이라고 생각했다. 그러자 비늘은 곧 텔레비전 안테나로 바뀌었고, 건물 뒤편의 푸른 플라스틱 쓰레기통이 광고용 기구처럼 그 사이로 가득 떠오르기 시작했다.

'흔해 빠졌어. 정말 시시하네.'

하니오가 비평했다.

"어때, 이제 죽을 수 있겠나?"

어디선가 목소리가 들렸다.

"그럼요, 죽을 수 있지요."

그렇게 대답한 순간 몸이 갑자기 가벼워졌다. 이제껏 몸이 의자에 꽁꽁 묶여있는 기분이었는데, 손발이 자유롭게 움직이는 듯한 느낌이었다. 하지만 자기 손발이 누군가의 명령대로 움직이고 있다는 점이 왠지 오히려 통쾌하면서도 어떻게 되든 상관없다는 기분이 들기 시작했다.

"그럼 죽어. 이제부터 내 말대로 해. 편안히 죽게 해주지."

"네, 고마워요."

"됐나? 오른손을 앞으로 뻗게."

"이렇게 말인가요?"

"맞아. 그렇게."

자신의 목소리는 속마음이니 자신에게도 들리지 않을 텐데, 상대방의 목소리는 자신의 말에 정확히 대답하고 정확히 지시했다.

"저기, 탁자 위에 놓인 딱딱하고 검은 걸 잡아. 꼭 쥐고. 맞아, 그렇게. 아직 방아쇠를 만지면 안 돼. 그걸 살짝 당신 관자놀이로 가져가고. 편안히, 편안히, 어깨 힘을 빼고. 알겠어? 총구를 당신 관자놀이에 딱 붙여. 어때, 차갑지? 기분 좋지? 열이 많이 날 때 얼음주머니를 얹은 것처럼 머리가 개운해지지? 그리고 천천히 검지를 방아쇠에 대고…."

17

…하니오는 지금 막 총구를 자신의 관자놀이에 대고서 손가락으로 방아쇠를 당기려 하고 있었다.

그때였다.

무언가가 달려들어 권총을 빼앗더니 뒤이어 바로 옆에서 총성이 울리고, 개가 끊임없이 컹컹 짖는 소리가 하니오의 귓가를 가득 채웠다.

이 충격이 약의 효능을 멈췄는지, 그는 머리를 흔들며 일어났다. 실내가 거짓말처럼 선명히 보이기 시작했다. 그의 발치에는 그 여자가 관자놀이에 피를 흘리며 뒤틀린 듯한 모습으로 쓰러져 있었다.

뚱뚱하고 얼굴이 불그스름한 남자와 사마귀처럼 깡마른 남자, 훌륭한 신사인 헨리는 여자의 시체를 에워싸고 망연히 서 있었다.

하니오는 어지러운 머리를 붙잡고 세 남자 사이로 고개를 내밀어 여자의 시체를 유심히 살펴보았다. 여자는 오른손에 권총을 꼭 쥐고 있었다.

"무슨 일이 일어난 거죠?"

하니오는 불그스름한 얼굴의 외국인에게 물었다.

"죽었어."

그 남자가 처음으로 일본어를 쓰며 멍하니 대답했다.

"왜요?"

"자네를 사랑했으니까 죽었겠지. 정말 자네를 사랑했으니까 그럴 거야. 그렇다고 생각할 수밖에 없어. 그래서 자네 대신 죽은 거야. 하지만 아무리 자네가 죽는 걸 차마 볼 수 없었다고 해도 자네 손에서 권총만 빼앗으면 됐지, 자기가 죽을 필요는 전혀 없었을 텐데."

하니오는 걸핏하면 흐려지려고 하는 의식을 힘껏 또렷하게 하려 애쓰며 생각했다. 그녀의 자살 원인은 단순했다. 다시 말해 그녀는 하니오를 사랑하게 되었지만, 사랑받을 자신은 없었기에 죽은 것이다. 정말 그렇게 생각할 수밖에 없었다.

"이건 의심의 여지가 없는 자살이니까."

불그스름한 얼굴의 외국인이 뒤이어 말했다.

"우린 아무 걱정할 필요가 없어."

'뒤처리를 어떻게 할 것인가.' 하는 생각은 하니오의 마음에 조금도 떠오르지 않았다.

그가 사랑받았다는 것은 참으로 성가신 일이었고, 심지어 이렇게 못생긴 여자가 자신을 사랑한 탓에 자살까지 한다니 아무리 생각해도 상식 밖의 일이었다. 그는 두 번 모두 자신의 목숨을 팔려다 상대의 목숨을 잃게 만드는 상황에 빠진 것에 놀랐다.

그때 하니오는 외국인들이 뒤처리를 어떻게 할지 흥미를 느끼고 지켜보았다. 이제 하니오를 교묘하게 죽여 줄지도 모르는 일 아닌가.

세 사람은 머리를 맞대고 소곤대며 무슨 이야기를 나눴고, 닥스훈트는 여전히 시체를 향해 짖고 있었다. 인간의 손에 지나치게 길들여진 이 개는 피를 보고서 갑자기 사나운 본성에 눈을 뜬 듯했다. 피는 앙큼하게도 시체 밑에서 슬그머니 사방으로 퍼져 나가고 있었다. 혼란스러운 틈을 타 도망치는 듯한 꼴이었다. 여자는 입을 떡 벌리고 있었고, 그 어두운 구멍 속에 세상의 종말로 통하는 길이 있을 것 같았다. 눈은 가늘게 뜨고 있었고, 한쪽 눈에는 잔머리가 초라하게 들러붙어 있었다.

'생각해보니 내가 시체를 제대로 본 건 처음이군. 아버지 어머니의 시신은 이렇게 제대로 보질 못했지. 시체란 왠지 떨어져 깨진 위스키병 같잖아? 깨지면 당연히 내용물이 흘러나오겠지.'

창밖으로 어두침침한 바다가 동요하고 있었다. 외국인들은 무언가를 끊임없이 의논했다. 영어를 잘 모르는 하니오도 '플라이트 넘버'라든가 '에어라인' 같은, 비행기와 관련 있는 듯한 단어를 알아들었다.

그들은 손수건으로 감싼 손으로 여자의 핸드백에서만 엔짜리 지폐 열 장을 꺼내더니 하니오의 손에 쥐여주었다. 그중 한 사람이 말했다.

"이 일은 비밀입니다. 이건 입막음 비용. 만약 말하면, 이거야."

자기 목을 베는 듯한 시늉을 하며 '칵' 하고 실감 나는 소리를 냈다.

하니오는 외국인들의 차를 타고 하마마쓰초역에서 내렸다. 세 사람 모두 아무 말도 하지 않았고 하니오를 무시하려 애쓰는 듯 보였다.

 손을 흔들며 차를 보낸 뒤, 하니오는 마치 허울뿐인 친구들과 함께 소풍을 갔다가 헤어진 것처럼 아무런 감정 없이 발길을 돌렸다.

 전철 승차권을 사서 계단을 올랐다. 또다시 이상한 감각이 머릿속에서 되살아났다.

 살풍경한 콘크리트 계단이 어디까지고 이어지는 듯한 기분이 들었다.

 하니오는 잽싸게 그 계단을 올랐다. 아무리 올라가도 플랫폼이 나오지 않았다. 올라갈수록 계단의 수가 늘어났다. 위쪽에서는 분명히 경적이 울려 퍼지고, 전철이 출발하고, 많은 사람들이 내려오는 기척이 있었지만, 자신이 올라가는 계단과 그 장면이 도저히 이어지지 않았다.

 나는 이미 죽은 사람이다. 도덕이든 감정이든, 그 모든 것으로부터 자신은 자유롭다고 생각했건만, 한편으로는 죽은 여자의 사랑이라는 무거운 짐이 머리에 들러붙어 있었다. 타인 따위 그에게는 바퀴벌레나 마찬가지였는데!

 계단이 갑자기 하얀 폭포처럼 자신의 가슴으로 흘러떨어지는가 싶더니 어느샌가 플랫폼에 서 있었다. 전철이 왔다. 하니오는 묵직한 피로를 느끼며 그 전철을 탔다. 전철 안은 천국처럼 밝고 텅 비어 있었고, 하얀 플라스틱 손잡이가 일제히 흔들리고 있었다. 그는 그중 하나를 잡았다. 그러자 하얀 손잡이가 되려 하니오를 꽉 잡은 것처럼 느껴졌다.

18

…그는 사건의 결과를 마냥 기다렸다.

이번에는 너무 피곤해서 문에 있는 팻말을 '품절' 쪽으로 돌려놓았다. 피로가 그를 더 살게 만드는 것은 이상한 현상이었다. 죽음이라는 관념과 장난치는 데에도 에너지가 필요한 걸까?

이튿날 신문에도, 그다음 날 신문에도 자살한 여자의 시체가 기괴한 해저 밀실에서 발견되었다는 기사는 나오지 않았다. 시체는 거기서 그대로 썩어가고 있을까?

그러는 사이에 하니오는 점차 일상의 감각을 되찾았다. 그 일상의 감각이란 자살 시도 이후에 느끼게 된 것인데, 모든 것이 비현실적이고 거짓말처럼 느껴지는, 그런 감각이다. 그런 세계에 살면 아무런 슬픔도 기쁨도 없고 모든 윤곽이 흐릿해지며, 간접조명처럼 부드러운 빛을 내는 '무의미'가 낮이고 밤이고 인생을 비춘다.

'그런 여자는 없었어. 해저 밀실 따위, 그런 말도 안 되는 건 있지도 않았다고.'

그는 점차 그런 생각이 들기 시작했다. 그러자 마음이 편안해져서 아직 연초 분위기가 남아있는 시내로 나가볼 마음이 들었다. 여자를 한동안 안아보지 않았다는 사실이 이상하게 느껴졌다.

신주쿠 거리를 걷다가 할인 중인 가게로 들어가는 아가씨의 엉덩이에 문득 시선이 갔다. 아무리 날이 따뜻하다 해도 코트를 입지 않은 게 눈에 띄어서일까. 연녹색 체크무늬 치마를 입은 엉덩이가 르누아르의 그림 속에 나오는 여인의 엉덩이처럼 풍만했고, 겨울의 햇살을 받아 그곳에 왠지 생명의 실체가 가득 담긴 듯한 느낌이 들었다. 상자에서 새 치약을 꺼냈을 때 팽팽한 튜브의 광택에 신선함을 느끼듯, 왠지 그 모습이 상쾌한 아침을 약속해주는 듯한 기분이 들었다.

하니오는 그 엉덩이를 따라 무심코 할인 중인 가게로

들어갔다.

여자는 재고 떨이 중인 스웨터 더미 앞에 멈춰 섰다. 알록달록한 스웨터들이 마구 구겨진 채로 모래밭 같은 상자 안에 잔뜩 쌓여 있었다.

하니오는 집중해서 스웨터를 고르는 아가씨의 얼굴을 옆에서 지켜보았다.

아가씨는 입술을 내밀고 있었지만 대낮부터 파인애플 모양의 은귀걸이를 하고 있어서 삼류 바에서 일하는 여종업원 같은 느낌을 풍겼다. 그래도 옆모습이 가지런하고 코가 절묘하게 위로 올라간 모양이었다. 코끝이 축 처진 여자의 옆얼굴을 보면 염세적인 기분이 드는 하니오는 이 코 모양 덕에 마음이 밝아졌다.

"차 한잔하시겠어요?"

하니오는 전혀 기교를 부리지 않고 귀찮은 듯이 물었다.

아가씨는 그가 있는 쪽으로 시선을 주지도 않았다. 그리고 태연한 말투로 "잠깐 기다려. 지금 이거 보고 있으니까."라고 말하며 스웨터에만 몰두했다. 검은 박쥐 같은 스웨터 하나를 집어 든 그녀는 두 소매를 펼쳐보며 고민했다. 입술을 내민 표정을 보아하니 별로 마음에 들지는 않는 것 같았다. 스웨터 가슴팍에는 금색과 빨간색이 섞인 요란한 상표가 칠석*에 쓰는 장식처럼 달려 있었다.

"싸긴 한데."

아가씨는 혼잣말을 했다.

그러더니 처음으로 하니오 쪽을 보며 "어때? 어울려?" 하고 스웨터를 자기 가슴에 대고 보여주었다. 동거한 지 십 년도 더 된 남자에게 묻는 듯한 나른한 말투에 깜짝 놀란 하니오는 이제껏 죽은 박쥐 같았던 스웨터가 가슴 위에서 갑자기 부풀어 올라 단정치 못하게 그 가슴에 달라붙은 모습을 바라보았다.

"나쁘지 않네."

하니오가 말했다.

"그럼 이거 사야지. 잠깐 기다려."

여자는 계산대 쪽으로 갔다.

자신에게 저런 싸구려 스웨터를 사달라고 하면 마치 가장이 된 듯한 느낌이겠다는 생각이 들었던 하니오는 그녀가 자신의 지갑을 들여다보며 스웨터를 사는 뒷모습에 만족했다.

---

* 견우와 직녀가 만난다는 전설에서 유래된 명절로, 일본에서는 오색 종이에 소원을 적어 대나무 가지에 장식하는 풍습이 있다.

근처 찻집에서 들어가자 여자가 말했다.

"난 마치코야. 너 나랑 자고 싶지?"

여자가 말했다.

"음, 그런가?"

"짜증 나는 놈. 마음에도 없는 소리나 하고."

여자는 어른스러운 척하면서 배를 잡고 웃었다.

모든 것이 순조로웠다. 마치코가 7시부터 가게에 나가야 한다고 해서 하니오는 그녀를 따라 100~200미터를 걸어 어수선한 집에 이르렀다.

마치코는 하품을 하더니 치마 옆에 달린 후크를 직접 풀면서 말했다.

"나, 추위를 전혀 안 타."

"그렇겠지. 코트도 안 입고 있어서 몸이 불타고 있다는 건 알았어."

"짜증 나는 놈. 재수 없어, 너. 근데 난 재수 없는 사람이 싫진 않아."

여자의 몸에서는 왠지 시골의 건초 같은 냄새가 났다. 나중에 하니오는 자기 옷에 건초가 붙어있는 게 아닌지 의심스러울 정도였다.

19

 여자가 가게에 나가기 전에 스낵바에 들러 함께 가벼운 식사를 하고서, 여자와 헤어진 후 깡패 영화를 반만 보고 나왔다. 집으로 돌아온 시간은 8시가 조금 지났을 무렵이었다.

 그는 자기 집 문을 열려다 하마터면 넘어질 뻔했다. 어두운 문 아래 누군가 웅크리고 있었기 때문이다.

 "엇, 누구시죠?"

 아무 대답도 없이, 아담한 체구에 깡마른 교복 차림의 소년이 일어났다.

 소년의 얼굴은 생쥐처럼 작고 어두웠다.

"진짜 품절이에요?"

불쑥 이런 질문을 받은 하니오는 질문의 뜻을 모르겠어서 "네?" 하고 되물었다.

"목숨이 품절이냐고 물어본 거예요."

소년은 흥분한 목소리로 말했다.

"이 팻말에 적힌 대로야."

"거짓말, 당신은 이렇게 살아 있잖아. 품절이라면 죽었을 텐데."

"꼭 그렇지만도 않아. 어쨌든 들어와."

하니오는 소년에게 왠지 모를 호의를 느껴 집 안으로 들였다.

하니오가 전등을 켜고 난로를 트는 동안 소년은 코를 킁킁대며 집을 둘러보더니 선 채로 이야기했다.

"이상하네. 생활이 어려워 보이지도 않는데, 왜 목숨을 팔 생각을 한 거야?"

"쓸데없는 질문 하지 마. 사람은 저마다 사정이라는 게 있으니까."

하니오는 소년에게 의자를 권했다.

소년은 과장된 태도로 의자에 털썩 주저앉아 말했다.

"아아, 피곤해. 두 시간이나 기다렸네."

"품절이면 어쩔 수 없잖아."

"팻말 뒷면도 다 봤어. 쉬고 싶을 때는 팻말을 뒤집어 놓지? 그 정도는 나도 알아."

"오, 제법 머리가 돌아가는군. 그건 그렇고, 너 같은 어린애한테 내 목숨을 살 돈이 있어?"

"주면 되는 거 아냐?"

소년은 가슴의 금색 버튼을 풀고 안에서 만 엔짜리 지폐 다발을, 마치 정기권을 내듯 아무렇게나 꺼내어 눈앞에 놓았다. 보아하니 20만 엔은 될 것 같았다.

"어디서 난 거야, 이런 돈이?"

"훔친 건 아냐. 집에 있던 후지타 쓰구하루藤田嗣治*의 데생을 좀 팔고 왔을 뿐이야. 싸게 떨이했지만 어쩔 수 없지. 급전이 필요하니."

이렇게 말하는 소년의 말투는 갑자기 비참한 생쥐 같은 이 소년을 훌륭한 양갓집 자제로 보이게 했다.

"거참 놀랐네. 다시 보게 됐어. 그런데 내 목숨을 사서 어쩔 셈인데?"

---

* 프랑스에서 활동한 일본 출신의 화가로, 20세기 초 유럽에서 큰 성공을 거뒀다.

"나, 엄청 효자거든."

"거참 대견하네."

"아버지가 오래전에 죽고 엄마랑 나 단둘이 살거든. 게다가 엄마는 아파. 너무 불쌍해."

"어머니가?"

"응."

"그래서 어쩌라는 건데?"

"간단히 말하자면, 어머니를 위로해줬으면 해."

"환자를?"

"환자라고는 해도, 당신이 위로해주면 금방 나아."

"근데 왜 목숨을 팔아야 해?"

"그건 천천히 이야기할게." 소년은 깨끗하고 붉은 혀를 내밀어 아랫입술을 핥았다. "아버지가 돌아가시고 나서, 딱하게도 엄마한테는 욕구불만이 생겼어. 처음엔 나 때문에 자제했던 것 같은데 그러다 참을 수가 없게 됐지."

"흔히 있는 일이지."

하니오는 다소 따분함을 느끼며 맞장구를 쳤다.

이 교복을 입은 도련님은 아마도 인생을 과장해서 생각하는 게 분명하다. 머릿속으로 이상한 싸구려 각본을 짜고서 자신이 비로소 인생의 비밀을 깨달았다고 믿을 나이다. 그런 것치고는 어떻게 보면 조숙한 구석도 있지만, 이 연령대 소년들에게는 흔히 이렇게 웃자란 쇠뜨기처럼 무미건조한 맛이 있는 법이다. '이런 식으로 내 목숨을 사러 오다니, 어른인 척하고 싶은 욕망이 어지간히 강하구나.' 하고 하니오는 대수롭지 않게 여겼다.

"그래서 말이지. 엄마가 남자를 만들었어. 그런데 바로 도망가버렸지. 다시 만들었더니 또 도망치고. 그런 사람이 벌써 열두어 명 있었나? 남자들이 다들 파랗게 질려서 줄행랑을 쳤어. 두어 달 전에 엄마가 진짜로 사랑했던 남자한테 버림받고, 그 뒤로 악성빈혈이 생겨서 몸져누웠어. 왜 그런지 알아?"

하니오는 주저하며 대답했다.

"글쎄."

소년은 눈을 반짝이며 본론에 들어갔다.

"왠지 알아? 왜냐하면 우리 엄마는 특별한 여자거든. 엄마는 흡혈귀야."

20

 이 소년의 어머니가 흡혈귀라니, 대체 이게 무슨 소리일까.

 이 세상에 흡혈귀라는 게 있을까?

 하지만 소년은 그 이상 어떤 설명도 보태지 않았다.

 그리고 꼼꼼한 성격인지 인쇄된 영수증을 꺼내어 "여기에 일금 23만 엔이라고 쓰고, '단, 선불. 구매자를 만족시키지 못할 경우 반드시 반환할 것.'이라고 덧붙여 쓰고 서명해줘." 하고 엄격하게 말했다. 영수증을 받은 소년은 이렇게 말했다.

 "오늘은 좀 피곤해서 졸리네. 내일 밤 8시에 데리러

올게. 저녁은 미리 먹어두는 편이 좋을 거야. 그리고 나오기 전에 신변 정리를 잘해두고. 아마도 살아 돌아올 수 없을 테니까. 설령 살아 돌아온다 해도 열흘 동안은 우리 집에서 지낼 테니 그렇게 알아두시고."

영수증에 적힌 소년의 이름이 이노우에 가오루였음을, 하니오는 홀로 남아 떠올렸다.

아무래도 이번에는 죽을 수 있을 것 같았다. '오늘 밤엔 푹 자둬야지.' 하고 하니오는 생각했다.

이튿날 밤 8시 정각에 노크 소리가 났고 가오루가 왔다. 어제와 마찬가지로 교복 차림이었다.

하니오가 가볍게 집을 나서려 하자 가오루는 다시 한 번 다짐을 받았다.

"진짜로 목숨이 아깝지 않아?"

"어."

하니오는 간단히 대답했다.

"어제 받은 돈은 어떻게 했어?"

"서랍에 넣어뒀지."

"은행에 안 넣어둬?"

"넣어도 무슨 소용이야. 내가 죽은 뒤에 서랍에서 돈이 나오면 집주인 아저씨가 슬쩍 가로채겠지, 뭐. …너도 언젠가 알게 될 거야. 내 목숨값이 이십몇만 엔으로 매겨지든, 삼십 엔으로 매겨지든 딱히 차이가 없다는 걸. 돈이 세상을 움직이는 것도 살아있어야 가능한 거니까."

두 사람은 아파트를 나와 어슬렁어슬렁 걷기 시작했다.

"택시를 잡죠."

소년이 말했다. 앞장서서 택시를 세우는 뒷모습이 지나치게 조급해 보였다.

"오기쿠보."

소년이 운전사에게 하는 말을 듣고서 하니오가 물었다.

"넌 내가 죽는 게 그렇게 좋아?"

운전사의 움찔한 듯한 눈이 백미러 안에서 빛났다.

"그렇지도 않아. 근데 어머니를 기쁘게 하는 게 좋아."

하니오는 점차 모든 게 소년의 망상이라는 생각이 들기 시작했다. 하지만 처음에 일어난 두 사건이 모두 비극적인 결말로 끝났으니 이번에는 시시한 희극을 겪어도 괜찮을 것 같았다.

택시는 어두운 주택가 일각에 위치한 멋진 대문이 있

는 집에 이르렀다. 소년이 거기서 내려서 그 집인가 싶었지만, 소년은 앞장서서 더 걷기 시작했다. 왼쪽으로 꺾어 들어가 100~200미터나 더 걸은 끝에 조금 전의 집과 아주 비슷한 만듦새의 문이 나타났다. 소년은 그 집 쪽 문의 열쇠 구멍에 열쇠를 넣으며, 어둠 속에서 하니오를 올려다보고 씩 웃었다.

집안 어디에도 불빛이 없었다. 소년은 차례차례 열쇠로 문을 열어 하니오를 밝은 응접실로 안내했다.

불빛 아래 모습을 드러낸 응접실은 곰팡내가 나기는 해도 고풍스러운 취향이 잘 드러나는 곳이었고, 진짜 모닥불이 있는 벽난로가 있었다. 그 벽난로 선반 위에 금이 가 있는 흐릿한 루이 왕조 스타일 거울이 있고, 천사가 양쪽으로 떠받친 모양의 금색 골동품 시계가 놓여 있었다. 가오루는 재채기를 한 차례 하고는 말없이 벽난로 속 장작에 불을 붙이기 시작했다.

"너랑 어머니 말고는 아무도 없어?"

"당연하지."

"식사는 어떻게 하고 있어?"

"살림에 찌든 사람처럼 그런 소리 하지 마. 내가 만들어. 환자한테도 먹이고."

장작불이 아름답게 타오르자 소년은 구석에 있던 캐비닛에서 고급 브랜디를 꺼내왔다. 그러더니 브랜디 잔의 가느다란 손잡이를 손가락 사이에 끼고서 난로의 불꽃으로 능숙하게 잔을 데운 후 하니오에게 권했다.

"엄마는?"

"음, 앞으로 30분 정도 걸릴 거야. 현관문을 열면 엄마 머리맡에 놓인 벨이 울리게 되어 있거든. 벨이 울리면 느릿느릿 일어나서 정성스럽게 화장하고 옷을 갈아입고 나오시니 아무리 빨라도 30분은 걸려. 당신 얼굴이 마음에 든다고 어머니가 들떠 있었어. 사진발을 너무 잘 받는 거 아냐?"

"내 사진은 어디에서 구한 거야?"

하니오는 놀라서 되물었다.

"어젯밤에 눈치 못 챘어?"

소년은 교복 주머니에서 성냥갑만 한 소형 카메라를 반쯤 보여주며 냉담하게 웃었다.

"이런, 내가 졌네."

하니오는 브랜디 잔을 흔들며 술을 입으로 조금씩 흘려 넣었다. 그 향기가 오늘 밤의 만남을 묘하게 달콤한 것으로 상상하게 했다. 가오루는 교복 버튼을 무료한 듯

매만지며 '디저트 술을 여유롭게 즐기는 어른'이라는 기묘한 생물을 쳐다보았다. 그리고 갑자기 벌떡 일어나 말했다.

"맞다. 깜빡했네. 나, 자기 전에 할 숙제가 있었지. 이만 실례할게. 엄마를 잘 부탁해. 그리고 장의사는 싼 곳을 알고 있으니 걱정하지 말고."

"이런, 잠깐 기다려, 어이."

하니오가 대꾸할 새도 없이 소년은 모습을 감췄다.

홀로 남은 하니오는 실내를 둘러보는 것 말고는 딱히 할 일이 없었다.

자신은 늘 이런 식으로 무슨 일이 일어나기를 기다린다. 그것은 마치 '산다는 것'과 비슷하지 않은가? 도쿄 애드에 다니던 시절, 지나치게 모던하게 꾸민 밝은 사무실에서, 유행하는 스타일의 양복을 입은 사람들 틈에서 손을 더럽히지 않는 일을 하던 나날이 지금보다 훨씬 더 죽은 상태에 가깝지 않았을까? 지금 죽기로 결심한 인간이, 설령 그것이 죽음 그 자체에 대한 기대일지언정 미래에 어떤 기대를 길면서 브랜디를 홀짝인다는 건 어떤 이상한 모순을 범하고 있는 모습 아닐까.

그는 벽에 걸린 여우 사냥을 그린 채색 펜화와 창백한

여인의 초상화 따위를 지루한 듯 둘러보다가, 문득 그 액자 끝 틈 사이로 슬쩍 보이는 낡은 종이 뭉치에 시선이 멈췄다. 비상금을 숨기는 데 자주 쓰이는 곳인데, 설마하니 응접실에 비상금을 숨기는 사람이 있을까. 기다리는 시간이 길어져서 점점 호기심이 끓어오른 하니오는 끝내 참지 못하고 일어나 그 종이를 잡아 뽑았다.

종이 뭉치는 먼지투성이고 오랜 세월 아무도 보지 않은 게 확실해 보였다. 청소하다가 이렇게 되었거나, 어떤 이유로 액자 뒤에서 삐져나와버렸겠지. 결코 고의로 손님에게 보이려고 하지는 않았을 것이다.

종이 뭉치는 낡은 원고지였다. 페이지를 넘기자 먼지가 사방으로 퍼지고, 하니오의 손끝도 검은 나방의 날개 가루를 만진 듯 새까매졌다.

그 종이에는 이렇게 적혀 있었다.

흡혈귀에게 바치는 시

― K

머리칼 흩날리고

절대적인 자기모순 흩날리고

봄의 강가에 버려진 녹슨 자전거

그 에로틱한 황홀함과

피

눈부시게 아름다운 유동체가

기계적으로 이를 갈던 중

밤이 하나하나

캡슐에 갇혀

알약으로 삼켜지면

서정적인 닭이 울부짖고

아급성 심내막염에 걸린 경찰관이

엑셀시오르 호텔의 현관

호텔의 목구멍으로

붉은 융단을 끌어내어

규율

쾌감, 절대, 혁명 느낌의 규율이 있는

흡혈귀 당파가 성립한다

이런 식으로 말도 안 되는 시가 아주 형편없는 글씨로

가득 적혀 있었다. 초현실주의니 뭐니 하는 건가 싶었지만, 이렇게 난해한 취미의 유행은 이미 지나갔다. 대체 누가 쓴 걸까? 남자 글씨 같은데 정말 못썼다. 하니오는 심심풀이로 비슷한 시를 읽다가 하품을 했다.

어느샌가 문이 열리고, 방 안에 마르고 아름다운 여자가 서 있었다.

하니오는 흠칫 놀라 뒤돌아보았다.

반짝이는 푸른 기모노에 짙은 남색 허리띠를 맨 여인이 서 있었다. 정말 아름답지만 누가 봐도 병약해 보이는, 하늘하늘해서 부러질 듯한 서른 남짓의 여자였다.

"뭘 읽고 계시죠? 아아, 그거. …누가 쓴 시 같나요?"

"글쎄요…."

하니오는 애매한 대답을 했다.

"아들이에요. 가오루요."

"엇, 가오루 군이."

"딱히 재능은 없죠? 근데 버리기도 아깝고, 그렇다고 해서 그런 종류의 시를 좋아하진 않으니 오래전에 거기에 숨겨놨던 거예요. 어쩌다 당신 눈에 띄었을까요?"

"액자 밖으로 튀어나와 있어서요…."

하니오는 당황하며 종이 뭉치를 다시 액자 뒤에 숨겼다.

"전 가오루의 엄마예요. 그나저나 이번에 가오루가 여러모로 신세를 졌네요. 무슨 폐를 끼치지는 않았는지요?"

"아뇨, 전혀 아닙니다."

"여기 앉으시죠. 불 옆으로 와서 앉으시지 그래요? 바로 브랜디 잔을 다시 채워드릴 테니까요."

하니오는 여자의 권유대로 솜이 약간 삐져나온 의자에 앉았다. 지나치게 많이 박힌 진주 징에 불꽃이 비쳐 반짝반짝 빛나는 팔걸이에 두 팔을 느긋하게 놓았다.

왠지 학부모회장 부인의 집에 면담하러 온 학교 선생이 된 기분이었다.

부인은 자신이 마실 브랜디 잔도 가져오더니 건너편 의자에 앉아 술잔을 들었다.

"와주셔서 감사해요. 잘 부탁드립니다."

그 손가락에는 커다란 다이아몬드가 붉은 불꽃을 가득 품고 반짝였다. 난롯가에 앉은 여자의 얼굴은 입체감이 있어 보였고, 불꽃의 불안한 동요까지 더해져 한층 더 아름다워 보였다.

"혹시 또 가오루가 이상한 소리를 하지 않았나요?"

"음… 글쎄요… 조금은."

"정말 부끄럽네요. 머리는 좋은 아이인데 보시다시피 공상가라서요. 제 생각엔 요즘 학교 교육이 좀 잘못된 게 아닐까 싶어요."

"그런 경향이 있죠."

"학교 선생님들은 뭘 가르치는 걸까요? 뭐 싸잡아서 옛날 교육이 좋다고 할 수만은 없겠지만, 어린애들에게는 더욱 사회적인 의무라든가 남들에게 폐를 끼치지 않는 예의범절만이라도 학교에서 가르쳐줘야 한다고 생각해요. 지금 이대로라면 수업료를 내고 아이를 전학련*으로 육성하게 놔두는 꼴이잖아요."

"정말 그렇죠."

"요즘은 말이죠, 난방 때문에 어디든 다 버석버석 건조하고, 도쿄는 그렇게 춥지도 않은데 마치 북쪽 지방처럼 생활해요."

"음, 빌딩이 많은 동네는 그렇죠. 전 이런 벽난로가 제일 좋습니다만."

"기분 좋네요, 그렇게 말씀해주시니."

- 1948년에 결성된 일본 학생 자치회의 연합조직으로 1960년대부터 1970년대에 걸쳐 치열한 학생운동을 했다.

부인은 눈웃음을 지었고 그 웃는 눈에 지는 옅은 주름마저 아름다웠다.

"집에서는 되도록 자연스러운 난방을 하고 있고, 여름에도 냉방을 하지 않아요. 요즘 빌딩들처럼 냉난방을 펑펑 하면, 하룻밤만 지나도 목에서 피가 난다고 하더군요. 무서워라!"

'드디어 본론으로 들어갔구나' 하고 생각하자 하니오는 가슴이 약간 두근거렸다. 하지만 부인의 이야기는 다시 엉뚱하고 평범한 화제로 돌아갔다.

"사람들은 도시의 환경위생이 어쩌니저쩌니 떠들지만, 한편으로는 그만큼 문명이 과도하게 발달한 것 같아요. 자동차 배기가스도 심하고, 또 청소업자도 전혀 와주지 않으니까요."

"요즘 청소업자들이 지나치게 게으르죠."

"맞아요. 정말 가사家事 문제를 잘 알고 계시네요. 요즘 남자들이란 이상해요. 독신인 사람이 오히려 가사 문제에 대한 이해도가 높고, 결혼한 사람들은 완전 벙어리에 귀머거리가 되어버리더라고요. 당신은 물론 독신이겠죠?"

"네."

"이렇게 젊으시니까요. '혈기 왕성'한 연령대로 보여요.

하니오 씨라고 불러도 돼요?"

"네, 그러시죠."

"좋아요. 하니오 씨. …그건 그렇고 구사노 쓰유코의 이번 이혼 문제에 대해 어떻게 생각해요? 주간지 같은 데서 야단스럽게 떠들잖아요."

"여배우들은 다 그렇겠죠."

하니오는 딱 잘라 '여배우의 가십 따위에는 관심이 없습니다.'라는 거절의 뜻을 내비쳤지만, 부인은 반대의 의미로 받아들인 듯했다.

"그런가요? 그래도 구사노 쓰유코는 그렇게 행복한 결혼생활을 하다가 왜 갑자기 이혼했을까요? 주간지 기사에는 늘 그렇듯 남편이 바람을 피웠다고 쓰여있지만, 전 아무래도 그게 다가 아니라는 생각이 들어요. 구사노 쓰유코는 교토 출신이라 가정 내에서는 굉장한 짠순이라잖아요? 남편한테 정해진 용돈만 주다가 남편이 그 압박을 견딜 수 없게 된 게 아닐까요? 역시 여자는 대범하게 남자의 기를 살려줘야만 해요. 하니오 씨 당신은 진상을 알아요?"

"아뇨, 아무것도 모릅니다."

따분하고 초조해진 하니오는 무심코 퉁명스럽게 대답

했다. 그때까지 불을 사이에 두고 꽤 멀리 떨어져 있다고 생각했던 의자가 손을 뻗으면 닿을 거리에 있음을 깨달은 것은, 부인의 손이 갑자기 팔걸이에 놓인 하니오의 손을 위로 감싸 쥐었을 때였다. 난롯가인데도 부인의 손은 얼음장처럼 차가웠다.

"미안해요. 재미없는 이야기를 해서. …영화는 별로 안 보시나 봐요?"

"보기는 하지만, 아무래도 깡패 영화만 보니까요."

"그렇구나. 요즘 젊은 분들은 자동차 이야기를 가장 좋아하더라고요. 주간지에 그런 기사가 있는 걸 종종 봤어요. …그래도 난폭운전은 정말 무시무시해요. 교통사고로 죽는 것처럼 허망한 일은 없을 거예요."

"정말 그렇죠."

"교통 문제는 도지사가 무엇보다 온 힘을 다해 해결해야만 하는 문제죠. 한번은 제1 게이힌 국도를 지나가다 사람들이 큰 부상을 당한 사고 현장을 본 적이 있는데, 구급차가 한참 동안 오지를 않아서 다들 화를 내더라고요. 그 사이에 피가 철철 났거든요. 어서 병원으로 가서 수혈을 받으면 좋았을 테지만, 거기서 파는 피도 안전하지 않아서 나중에 혈청간염에 걸리기도 한다더군요."

"음, 그렇지요."

"당신은 헌혈을 한 적이 있나요?"

부인의 눈이 난로의 불꽃에 반짝였다.

21

"아뇨, 헌혈은 해본 적이 없어요."

"저런, 당신은 사회에 대한 의무를 소홀히 하시는군요. 세상에는 피가 모자라서 고통받는 사람들이 많은데. 당신도 남자라면 목숨을 버려서라도 그런 불쌍한 사람들을 구해야겠다는 생각이 들지 않아요?"

"제가 그래서 오늘 밤에 여기로 온 겁니다! 목숨 따위 버릴 생각이었다고요, 한참 전부터!"

하니오는 초소한 나머지 끝내 큰 목소리를 냈다.

"그래요? 알겠어요."

부인은 엷은 미소를 띠며 하니오의 얼굴을 가만히 쳐

다보았다. 그때 하니오는 자기도 모르게 전율했다.

…잠시 침묵이 흐른 뒤, 부인이 말했다.

"자고 갈 거죠?"

한밤중인 집 안은 고요했다. 가오루는 이미 자고 있을 것이다.

부인이 안내해준 침실은 2층에 있는 후미진 방이었는데, 그곳은 부인이 쓰는 침실이 아닌지 몸겨누웠다는 부인의 냄새 대신 한기와 곰팡내로 가득 차 있었다.

"지금 난로 틀게요."

부인은 방 곳곳에 놓인 석유난로 세 대를 차례로 켰고 방은 금세 기름 냄새로 가득 찼다. 하니오는 '이 불안정한 세 개의 불탑이 한꺼번에 쓰러지면 어떻게 될까?' 하고 잠시 상상했다.

이불을 세 겹으로 깔아 높이가 상당했고, 그 위로 올라갈 때 긴 속옷을 입은 부인이 약간 비틀거려서 하니오가 부축했다.

"빈혈이 심해서 요즘 현기증이 자주 나요."

부인이 부끄러움을 숨기려는 듯 말했다.

침구는 낡았지만 고급 비단이불이었다. 한 가지 신경 쓰이는 건 햇볕에 말리는 일이 거의 없는지, 가벼워야

할 이불이 눅눅한 솜 때문에 지나치게 무겁게 느껴지는 점이었다.

긴 속옷을 천천히 벗겨본 하니오는 소년의 어머니라는 생각이 들지 않는 피부의 생기에 놀랐다. 대강 서른 정도로 보이는 것은 화장을 잘했기 때문이겠지만, 피부가 희고 부드럽고 곱고 차가워서 마치 도자기 같았다. 주름이나 늘어진 데도 전혀 없었지만, 그렇다고 해서 팽팽하고 생기 있는 피부라고 볼 수는 없었다. 향기로운 왁스 같은 피부였다. 그리고 그 안에서는 왠지 생명의 뿌리가 전혀 느껴지지 않았다. 인간에게는 중심에서 뻗어져 나와 전신을 빛내는 것이 몸 어딘가에 있는 법인데, 가장 중요한 것이 빠져 있었다. 윤기가 있다고 한다면 그것은 시체의 윤기였다. 말랐다는 건 옆구리에 살짝 뼈가 만져져서 알 수 있었다. 그런데도 유방의 모양은 매끈하면서도 풍만했고, 배 또한 더할 나위 없이 농밀한 젖을 담은 그릇처럼 부드럽고 희었다.

하니오는 평소와는 다른 흥분을 느끼며 부인을 안았나. 부인은 잠시 정신을 놓은 듯 그가 애무하는 대로 그냥 두더니 뱀처럼 몸을 비비 꼬며 하니오의 몸 바깥쪽으로 빠져나가 어느샌가 하니오의 몸이 아래로 오도록 유도했다.

그 행동은 전혀 지배적인 방식이 아니었다. 남자의 긍지를 조금도 상하게 하지 않고, 마치 뱀이 딸기 이파리 바깥으로 빠져나가듯, 기묘하게 노련한 솜씨로 남자의 몸 위로 올라온 것이다.

하니오는 묘한 도취 상태였다. 희미한 알코올 냄새가 났다. 무언가를 닦고 있다. '메스인가?' 하는 직감으로 눈을 감았을 때 자기 상박에 작렬하는 듯한 알코올의 차가움을 느꼈다. 통증이 시작되었다.

"팔부터 시작할게. 팔이 참 튼튼하네."

부인이 속삭이듯 말했다. 그런 생각을 하는 사이에 상처를 쥐어짜는 듯한 통증이 느껴진 것은 부인의 입술이 피를 빨고 있었기 때문이다. 한참을 그러고 있다가 여자의 목이 무언가를 삼키는 듯 다소곳한 소리가 났다. 그 피가 자신의 피라는 것을 확실히 알았을 때 하니오는 전율했다.

"맛있었어. 고마워. 오늘 밤엔 이 정도로 해둘게."

스탠드 불빛 아래 입맞춤을 요구하려고 다가온 여자의 입술은 피범벅이었다. 하니오는 부인의 뺨이 조금 전 난로의 불꽃 옆에서 보았을 때처럼 생생하게 빛나고 있는 것을 보았다. 생명력이 넘치는 색이었다. 눈빛도 거리에 다니는 젊은 여자처럼 지극히 정상적이고, 건강한 활력이 넘쳤다. …

22

— 그 후로 하니오는 이 집에 계속 눌러앉게 되었다.

매일 밤마다 피를 빨리고, 위험한 곳에 상처를 입고, 정맥을 다치고, 여자가 먹는 피의 양도 점차 늘어났다.

어느 날 오후 그는 부인이 빨갛고 파란 동맥과 정맥을 정밀하게 그린 인체의 혈관도를 펼쳐 놓고서 열심히 연구하는 뒷모습을 본 적도 있다. 모든 것을 아는 상태에서 이렇게 살고 있는데도, 부인의 그 비밀스러운 뒷모습을 본 순간, 하니오는 자신의 몸이 그렇게 하나의 그림 취급을 받고 연구의 대상이 되었다는 실상에 새삼 오싹했다.

하지만 이런 일을 제외하면 이노우에 집안에서의 생활은 지극히 평범했다.

아침에 참새가 지저귀고 창문에 환한 빛이 들면, 하니오는 부인이 침대에서 일어났다는 사실을 비몽사몽간에 눈치채고는 다시 잠들었다.

아들의 아침 식사를 준비하려고 일어난 것이었다.

하니오가 그 집에 머문 이튿날부터 부인은 몰라보게 활기를 되찾았다.

부인은 일어나자마자 콧노래를 흥얼거릴 정도로 상쾌하게 일어났다. 하니오는 아들을 학교에 보내고서 다시 침대로 돌아오는 부인의 발소리가 들리면 그때 일어났다. 아침마다 보는 부인의 얼굴은 날이 갈수록 빛이 나고 건강해 보였다.

그보다 더 행복해 보이는 사람은 가오루였다.

하니오와 둘이 있으면 가오루는 이런 이야기를 했다.

"정말 돈 쓴 보람이 있네. 태어나 가장 잘 쓴 돈이었어. 아버지 유품인 후지타 쓰구하루의 작품 같은 건 이제 아깝지 않아.

왜냐하면 그다음 날 아침부터 어머니가 완전히 쌩쌩해져서 아침밥도 해주고, 집안 분위기가 밝아졌고, 그 덕에 내가 굉장한 효도를 한 것 같고, 나도 엄청 행복하니까. 이게 다 하니오 씨 덕분이야.

 근데 난 가끔 불안해. 이러다 하니오 씨가 죽어버리면 앞으로 엄마랑 나는 어떻게 사나 싶어서. 어머니도 그렇고 나도 겨우 이상적인 사람을 찾았는데.

 하니오 씨가 영원히 살아있으면 좋겠어. 어머니도 내심 분명 그렇게 생각하겠지만…. 그래도 어머니는 하니오 씨를 점점 더 많이 좋아하고 있으니 틀림없이 머지않아 아저씨를 죽일 거야.

 그때까지, 다시 말해서 죽을 때까지 제발 어머니를 버리지 말아줘. 셋이 사이좋게 살자. 나, 솔직히 말하면 이렇게 가정적인 분위기를 꿈꿔왔어."

 이 이야기를 들은 하니오는 무심코 눈시울이 뜨거워졌다. 저녁 식사 후에 텔레비전을 앞에 두고 부모 자식 셋이서 단란한 시간을 보낼 때면 하니오는 이거야말로 이상적인 가정이라고 생각하지 않을 수 없었다.

 가오루는 공부를 열심히 하는 성실한 고등학생이었다. 텔레비전을 볼 때도 테이블 위에는 영어 참고서를 펼쳐 놓고 광고가 나오는 동안 그 참고서의 책장을 바삐 넘겼다. 한편, 몰라보게 쌩쌩해진 부인은 가사 일에도 전념했다. 하니오를 위해 매일 밤 간이나 고기, 달걀 등이 빠지지 않는 영양 만점 요리를 맛있게 만들어주었고 곰팡이 투성이였던 집안도 부지런히 쓸고 닦았다. 텔레비전을 보는 동안에도 뜨개질을 하며 아름다우면서도 부드러운 손가락을 움직였고, 신성하다는 표현에 걸맞은 미소를 얼굴에 띠기도 했다. 하니오는 하니오대로 예전에는 바퀴벌레의 행렬이라고만 생각했던 신문의 국제 뉴스 따위를 공들여 보게 되었다.

부부가 전혀 외출을 하지 않는 것은 아니었다.

하지만 외출할 때는 반드시 함께 나갔다.

부인은 아주 가느다란 쇠사슬로 하니오의 오른쪽 손목과 자신의 왼쪽 손목을 묶고서 외출했고, 집으로 돌아와 현관에 들어서면 풀어주었다.

그 사슬은 정말 가느다래서 남의 눈에 띄지 않았고, 부인이 가볍게 당기면 하니오는 자신의 손목에 파고드는 사슬의 아주 희미한 저항을 느낄 뿐이었다.

하니오는 점점 외출하기가 귀찮아졌다.

집에서 그냥 게으름을 피우면서 가정적인 분위기에 젖어있는 게 편해서 그런 것도 있지만, 동시에 날이 갈수록 몸이 무거워져서 밖에 나갈 마음이 들지 않았다.

교차로에서 서둘러 가려다 문득 현기증을 느낄 때면 이제 자신이 머지않았다는 사실을 깨닫고 불안을 느끼기보다도 모든 것이 귀찮아졌다.

그런데도 공포나 살고 싶다는 의욕이 전혀 끓어오르지 않는 것은 이상했다. 날이 갈수록 졸리고 나른하고 조금씩 다가오는 봄과 함께 이대로 새로운 계절 속에 녹아들어 사라져버릴 것만 같았다.

어느 날 하니오는 부인과 함께 원래 살던 아파트의 집세를 내러 갔다.

관리인이 나와 말했다.

"어디 갔었어요? 걱정했잖아요. 갑자기 사라져서…. 이런, 안색이 너무 안 좋네요. 병이라도 걸렸어요?"

"아뇨."

"깜짝 놀랐어요. 지금 들어올 때 얼굴이 죽은 사람처럼 보여서요. 그래서…."

여자를 좋아하는 관리인이 하니오와 함께 있는 부인을 마음에 두고 하니오를 옆쪽으로 끌어내어 사정을 묻고 싶어 하는 것 같았지만, 쇠사슬 탓에 장단을 맞춰줄 수가 없었다.

"잠깐 집을 보고 싶은데요."

"그러시죠. 당신 집이니까요. 아직은."

"앞으로 반년 치 월세를 미리 내고 싶어요."

두 사람은 집으로 들어갔고, 하니오가 잠금장치를 해 두었던 작은 서랍을 뒤져보니 23만 엔은 그대로 있었다. 이 세상에는 아직 도덕이라는 게 남아있는 모양이다.

부인이 끊임없이 그 돈을 내주려고 하는 것을 거절하고, 하니오는 앞으로 반년 치 월세인 12만 엔을 관리인에게 건네주고서 영수증을 받았다.

"보통 사이가 아닌가 봐요."

"뭐, 유산을 나눠주는 셈이죠. 전 달리 가족도 없어서요."

두 사람이 서로 속삭였다.

문에 걸려있던 '품절'이라는 팻말을 확인하고, 수북이 쌓인 우편물을 겨드랑이에 끼고서, 하니오는 부인과 함께 자기 집으로 돌아왔다.

집에서 읽을 것이 생겨 좋았다.

그런데 읽기 시작하니 눈이 어질어질하고 편지 지면에 하얀 섬광이 소용돌이쳤다.

하니오는 요즘 거울을 보며 수염을 깎을 때 자기 안색을 보기가 무서워졌는데, 글씨도 읽지 못할 만큼 빈혈이

심해졌음을 깨달은 것은 오늘이 처음이었다.

"왜 그래?"

"아니, 눈이 어질어질해서 글씨가 잘 안 보여."

"가엾어라."

부인이 활기찬 목소리로 말했다.

"내가 읽어줄까?"

"아니, 됐어."

애당초 중요한 편지가 있는 건 아니었다.

옛 동창에게서 온 편지가 한 통.

모르는 사람들에게서 온 편지가 몇 통.

네가 어떤 남자인지는 모르겠지만 '목숨을 팝니다'라는 광고를 보고 설마, 농담이겠지 싶었지만, 그냥 두고 볼 수는 없으니 이 편지를 쓴다.

"신체발부 수지부모. 불감훼상 효지시야●"라는 옛사람의 말을 너는 모르나? 모르겠지. 이런 광고를 내는 인간은 보나마나 교양이 없는 게 뻔해.

- 『논어』에 나오는 말로 몸과 머리카락, 피부는 부모로부터 받은 것이니 상하지 않게 하는 것이 효의 시작이라는 뜻.

대체 너는 자기 목숨을 함부로 하면서 어쩔 셈이야? 그래도 전쟁 때는 '천황의 신민'이라고 불리던 영광스러운 일본 신민으로서 목숨을 나라에 바쳐야 했는데, 너는 아무리 자본주의 세상이라고는 해도 목숨을 저속한 금전으로 바꾸려는 거야?

나는 금권만능인 세상에 분개해 왔지만, 너 같은 인간쓰레기가 있으니 금권이 하늘 높은 줄 모르고 가치가 뛸 만도 해. 정말 쓰레기 같은 광고이고, 도덕의 퇴폐가 이로써 극에 달했다고 말할 수밖에 없어….

편지는 이 뒤로도 일고여덟 쪽이 더 있었지만 하니오는 마치 강요하는 듯한, 혈색이 좋고 시간이 남아도는 실직한 중년 남자의 얼굴을 상상하며 두툼한 편지를 힘겹게 찢었다. 그런 편지를 찢을 힘조차 손가락에 남아있지 않다는 것을 느꼈다.

다른 편지들 중에는 여자 이름으로 온 오자투성이 편지도 있었다.

정말 짱이다, 진짜 짱이야. 목숨을 반다니(판다를 잘못 쓴 것), 그런 노골적인 말을 쓰다니 제정신이야? 나도 목숨을 바니까 둘이서 교한(교환?)해서 둘이 사이좋게 코 자자. 다음 날 아침 두 사람은 성명(생명?)을 발견할 거야. 불타는 듯한 장미꽃이 활짝 필 때, 랄랄랄라, 휘파랑(휘파람?)을 불고 싶어질 것 같은, 인성(인생?)의 행복을 붙잡을 거야. 나랑 결혼하지 않을래?

이런 편지도 있었다.

편지를 모두 읽은 하니오는 귀찮아져서 부인에게 찢어달라고 부탁했다. 부인은 부드러운 손끝에 홍조를 띠며 손쉽게 두툼한 편지 뭉치를 찢었다.

그날 밤 침실에서 부인은 평소와 다르게 진지한 말투로 이렇게 속삭였다.

"있지, 내일 밤에는 가오루한테 친척 집에 가서 자고 오라고 할게."

"왜?"

"단둘이 마음껏 즐기고 싶어서."

"아니, 매일 밤 이렇게 마음껏 즐기고 있잖아?"

"내일 밤은 달라."

웃는 부인의 따뜻한 숨결이 코끝을 스쳤는데, 기분 탓인지 피 냄새가 나는 것 같았다.

"내일 밤에는 말이지, 가오루를 일에 말려들게 하고 싶지 않거든."

"그런데 시키는 대로 순순히 갈까?"

"갈 거야. 그 애는 눈치가 빠르거든."

"그러고서 어쩌려고?"

부인은 잠시 잠자코 있었다. 스탠드의 희미한 불빛 아래로 요즘 들어 한결 윤기가 더해진 머리카락이 물결치고 있었다.

"나 사실, 미안하지만 이제 당신 정맥피가 지겨워. 밍밍하고 왠지 신선한 느낌이 안 들어. 내일 밤에는 동맥피가 필요해."

"그 말은… 내가 죽을 때라는 거군."

"맞아. …어느 동맥으로 할지 한참을 고민했는데, 역시 경동맥이 좋을 것 같아. 나, 당신의 두꺼운 목덜미가 처음부터 좋았어. 당신을 본 순간 목덜미를 덥석 물고 싶었는데 이제껏 참아왔거든."

"맘대로 해."

"고마워. 정말 사랑스러운 사람이야. 내 인생에서 처음으로 만난 진정한 남자야, 당신은. …그래서…"

"어?"

"당신의 동맥피를 충분히 마시고 나면 이 주위에 있는 석유난로를 다 쓰러뜨려서 이 집을 태울 생각이야."

"그럼 당신은?"

"타 죽는 거지. 그걸 말이라고 해?"

하니오는 왠지 난생처음 남의 진심을 마주한 듯한 기분에 눈을 감았다. 눈꺼풀이 병적으로 파르르 떨렸다.

― 그리고 그 '내일 밤'이 찾아왔다.

23

"이 세상이랑 작별하는 기념으로 같이 산책할까요?"

부인이 말했다. 벌써 두 사람이 죽을 날이 다가왔다. 겨울치고는 따뜻하고 아름다운 저녁이었고, 가오루는 이미 학교 수업이 끝난 후 친척 집으로 보냈다.

"근처에 작은 공원이 있어. 무사시노 지역인데 느티나무 마른 가지가 예쁘거든. 그걸 봐두고 싶어."

"안 가면 안 될까? 이대로 집에 있지."

"그래도 이승에서의 추억 삼아 둘이서 산책하고 싶어. 소년 소녀처럼."

"그럼 30분 정도만 하자."

사실 하니오는 이제 정말 바깥을 돌아다니기가 귀찮았다. 기둥을 잡아야 겨우 서 있을 수 있는 체력이고 그조차도 현기증이 날 정도로 몸이 약해졌는데, 태평하게 산책 따위를 할 수는 없었다. 몸이 너무 나른해서 이대로 꾸벅꾸벅 졸다가 동맥을 내어주는 편이 나았다.

"게다가 이렇게 창백한 안색을 남들한테 보이기도 싫고."

"어머, 왜? 당신 안색은 정말 이상적이고 멋져. 남자는 그렇게 창백할수록 보기 좋다는 걸 몰라? 로맨틱하고 정말, 쇼팽은 이런 사람 아니었을까 싶어."

"그만 해. 난 폐병 환자가 아냐."

그런 쓸데없는 대화를 하는 사이 부인은 이미 산책할 때 입는 가죽옷으로 갈아입고서 쇠사슬을 들고 다가왔다. 하니오도 조금이나마 안색이 좋아 보이도록 화려한 적갈색 스웨터를 입고, 개가 산책에 끌려 나가듯 가느다란 쇠사슬을 손목에 차고서 집을 나섰다.

정말 바깥에 나오고 보니 기분이 좋았다. 공기가 산뜻했고, 심호흡하자 들이마신 그 공기의 무게감으로 몸이 흔들리는 듯한 기분이 들었다. 이게 인생에서 보는 마지막 저녁 풍경이라고 생각하니 아주 싫지만은 않았다.

'내가 삶을 진짜로 사랑한 적이 한 번이라도 있었을까?'

하니오는 생각했다.

그 점에 대해서는 도무지 자신이 없었다. 지금 왠지 그것을 사랑하기 시작한 듯한 기분이 들었지만, 체력이 떨어져 정신이 쇠약해진 탓인지도 모른다.

저녁 하늘의 아름다움이 마음에 스몄다. 심장이 당장이라도 멈출 듯 쿵쾅거리고 관자놀이가 불끈거렸다. 얼마 안 가 주택가 집들의 지붕 너머로 아름다운 레이스를 펼쳐놓은 듯한 거대한 겨울 느티나무들이 보이기 시작했다.

"저거야. 저게 유명한 느티나무 숲."

부인이 말했다.

하니오는 드디어 오늘 밤 죽으려는 참이었다. 거기에 자신의 의지가 단 하나도 들어있지 않다는 점이 통쾌했다. 자살은 귀찮고, 애당초 너무 드라마틱하니 취향에 맞지 않았다. 또한 남의 손에 죽으려면 무슨 이유가 있어야만 한다. 남에게 그런 원한이나 증오를 살 만한 일을 한 기억은 없고, 남의 손에 죽을 만큼 강렬한 관심을 받기도 싫었다. 목숨을 판다는 것은 무책임하면서도 멋진 방법이었다.

저 아름다운 느티나무 가지가 아스라이 푸른 저녁 하늘을 더없이 세밀하게, 마치 저녁 하늘에 던진 그물처럼 붙들어 매고 있는 건 도대체 왜일까? 자연은 왜 이리 쓸데없이 아름답고, 인간은 왜 이리 쓸데없이 복잡할까?

하지만 그것도 이제 끝이다. '내 인생은 이제 끝나간다.'라고 생각하자 가슴이 박하처럼 후련했다.

두 사람은 공원 입구의 담배 가게 앞을 지나는 중이었다. 가게 앞에 빨간 우체통이 있었다. 노파 한 명이 가게를 보고 있었다.

하니오는 거기까지 기억한다.

그리고 나서 뒤통수에 흰 회오리가 일듯이 어질어질하여 쓰러졌고, 무언가에 손을 짚은 것 같았지만 그 후로는 정신을 잃었다.

24

…정신이 들고 보니 병원 침대 위였다.

이미 밤이었고, 약간 통통한 간호사가 빛을 가린 램프 아래에서 잡지를 펼쳐 읽고 있었다.

"대체 제가 어떻게 된 거죠?"

하니오가 물었다. 귀가 심하게 울리면서 간호사의 말이 들렸다.

"정신이 드세요? 푹 쉬세요. 이제 걱정할 것 없어요."

"대체 어떻게 된 일이죠? 담배 가게 앞에서 쓰러진 건 아는데…."

"중증 뇌빈혈이에요. 기절했죠. 아마 그 담배 가게 주인이 구급차를 불렀을 거예요. 당신은 구급차에 실려 왔으니까요. 응급 환자라면서."

"또 구급차군."

하니오는 실망했다.

"그래서…."

"그래서?"

"전 어떤 진단을 받았죠?"

"악성빈혈인데 선생님이 피를 뽑고선 깜짝 놀라더군요. 피가 노랗고 완전 물 같은 상태였으니까요. '이런 상태로 용케 바깥을 돌아다녔군.' 하고 놀랐어요. 마치 끝을 모르고 피를 판 사람의 가장 위험한 전신 상태랑 똑같았대요. 그런데 차림새로 봐서는 매혈을 하는 사람 같진 않고, 무엇보다 예쁜 사모님이 함께 있었으니까요."

"아, 그 여자는 어디 있죠?"

"그 여자라니, 사모님 아니에요?"

"어디 있어요?"

"벌써 집으로 가셨어요. 일단 한 달 정도 입원해서 조혈제를 마시고 영양을 섭취하면 원래대로 돌아온다는 진단을 듣고 안심하셨겠지요. 집에 볼일도 있다고 하시면서, 가신 지 벌써 세 시간쯤 됐어요."

"그동안 전 계속 기절해 있었나요?"

"그랬다면 큰일이죠. 선생님이 조혈제와 영양제 주사에 수면제를 섞었어요. 어쨌든 안정이 최고니까요. 절대 안정하셔야 해요. 움직이거나 무슨 일에 신경을 쓰시면 안 돼요."

"그런데… 그 여자는…."

"정말 싹싹하고 예쁘고 훌륭한 사모님이세요. 당신과는 달리 건강해 보이고. 당신 그 사람한테 정력을 다 빼앗긴 거 아니에요?"

"…."

"입원비도 은행수표로 한 달분을 먼저 지불하고 가셨고, 저한테도 신경 써주시면서 많이 배려해주시고, …당신이 피를 파는 사람이라니, 그런 생각은 도저히 안 들어요."

하니오는 잠시 잠자코 눈을 감고 있다가 갑자기 무언가 떠오른 듯 벌떡 일어났다.

"큰일 났다."

"무슨 일이죠? 절대 안정하셔야 해요."

"진짜 큰일 났다고요. 잔말 말고 어서 전화를 걸어줘요."

하니오가 이노우에 씨 집의 전화번호를 말하자 간호사가 움직이면 안 된다고 끈질기게 신신당부하며 머리맡에 놓인 전화 다이얼을 돌렸다. 하니오는 불안한 마음으로 기다렸다. 가슴이 또다시 쿵쾅거렸다.

"아무도 안 받는데요."

"신호는 가요?"

"신호가 가기는 해요."

간호사가 수화기를 내려놓자 곧 창밖에서 소방차 사이렌 소리가 들렸다.

"어머, 불났나 봐. 요즘 너무 건조해서 위험한데."

하니오는 잠자코 점점 더 가까워지는 사이렌 소리를 들었는데, 곧 다른 곳에서도 사이렌 소리가 들려와 그 소리와 합쳐졌다.

"여기가 어디죠?"

하니오가 불쑥 물었다.

"네?"

"이 병원이 어느 지역에 있는 거냐는 말입니다."

"오기쿠보예요. 오기쿠보 근처에서는 가장 지대가 높고 전망이 좋은 병원이라는 평판이 자자해요. 장기 입원이어도 경치가 좋으니 꽤 즐겁게 지낼 수 있을 거예요.

호텔 같은 느낌이죠. 여긴 특실이기도 하고."

"XX마을 쪽이 여기에서 보이나요?"

"보이겠죠. 공원 바로 맞은편이죠?"

"맞아요. 창문으로 봐주세요. 불이 XX마을 쪽에서 난 게 맞는지."

사이렌 소리가 교차하면서 점차 커졌다. 간호사는 움직이면 안 된다고 신신당부하고는 창가로 가서 창문을 살짝 열고 밖을 내다보았다.

"어머, 불이 보이네요. 진짜 XX마을이네요."

간호사가 외쳤다.

그 하얀 제복 틈새로 제복에 비칠 만큼 새빨간 하늘을 보고서, 하니오는 무심코 침대에서 일어나려다가 갑자기 현기증이 났고, 그대로 기절했다.

25

― 아무리 물어보아도 그 이후로 화재에 대한 정보는 알 수 없었다.

누가 봐도 형사일 것 같은 사복 차림의 사람이 찾아와서 의사의 동석하에 간단한 질문을 했고, 진상을 더 이상 숨길 수는 없었다.

"당신은 이노우에 씨 미망인과 어떤 사이죠?"

형사는 침대 쪽으로 지독한 입김을 내뿜으며 물었다.

"어떤 사이냐뇨, 그냥 친구지요."

"그 사람과 산책하던 중에 기절해서 여기로 실려 온 거죠?"

"그렇습니다만, 그게 왜….."

의사가 눈짓했을 때는 늦었다. 형사는 상당히 사무적인 태도로 이렇게 말했다.

"어젯밤 화재로 이노우에 미망인은 불에 타 죽었는데, 그 사람은 몸가짐이 단정치 못했다는 소문도 있고, 혼자 있을 때 화재가 나서 죽은 정황이 아무래도 석연치 않아서요. 외동아들은 친척 집에 맡겨진 상태였는데 어머니 시신에 매달려 울더라고요. 참 딱했어요. 학교 성적도 꽤 좋다던데. …어쨌든 당신한테는 완벽한 알리바이가 있으니 문제는 없습니다. 질문에 간단히 대답해주면 돼요."

하니오는 그 이야기를 듣고 자기 눈에서 눈물이 차오르는 게 이상했다. 남의 죽음을 슬프다고 생각한 적이 없는 자신이!

"어쨌든 전 그 사람을 사랑했어요."

하니오는 흥분하며 말했다.

"유산 증여라든가, 그런 문제는 없죠?"

"더러운 질문은 하지 말아 주십시오."

의사가 형사의 귀에 무슨 말을 속삭였고, 형사는 "그럼, 몸조리 잘하세요."라고 사무적으로 말한 뒤에 돌아갔다.

연배가 있는 의사는 병상에 누워 있는 하니오를 내려

다보며 나지막이 말했다.

"이런저런 사정이 있겠지만 느긋하게 마음먹고 푹 쉬는 게 최고일세. 입원비도 지나치게 많을 정도로 미리 받았고, 자네가 푹 쉬고서 하루라도 빨리 원래의 건강한 몸으로 돌아가는 게 그 사모님의 뜻이라고, 난 생각해. 자네는 아직 젊으니 이렇게 불행한 사건에 좌절하지 말고 정신 똑바로 차리고 살게. 약도 마음먹기에 따라 듣기도 하고 듣지 않기도 하거든. 자네가 언젠가 씩씩한 모습으로 발랄하게 새로운 인생을 다시 시작하는 게 그 사람에게는 무엇보다 좋은 공양일 테니까. 그럼, 이제 진정제 주사를 놔주겠네."

하니오는 이 의사라기보다는 목사와 비슷한, 지나치게 마르고 노쇠한 사슴 같은 선생님에게 호감을 느꼈지만, 이런 상투적인 격려의 말을 전에도 어디선가 들은 적이 있다는 사실을 떠올렸다.

그랬다. 그 말은 수면제 복용 후에 응급실에 실려 갔다가 퇴원하면서 들은 말과 내용만 다를 뿐 거의 똑같았다. 남의 인생을, 삶을 무턱대고 격려하는 말. 남의 상황 따위는 전혀 고려하지 않고!

26

― 그러나 하니오의 번뇌와는 상관없이 젊은 몸은 날이 갈수록 점점 회복되었다. 한 달 동안 입원할 필요는 없었다. 2주만 있으면 퇴원할 수 있을 거라고, 의사가 말했다.

어느 날 가오루가 갑자기 병문안을 왔는데, 하니오는 이 소년에게 얼마나 면박을 당할까 싶어 얼굴을 제대로 쳐다보지도 못했다. 그런데 소년은 쾌활했다. 간호사 앞에서 아무렇지도 않게 거리낌 없이 말했다.

"전 하니오 씨한테 정말 감사하는 마음을 갖고 있다는 걸 알아주셨으면 해서 왔어요.

자살인지, 방화인지, 자연발화인지 여러모로 떠들썩하게 조사 중인 모양이지만, 어쨌건 엄마가 돌아가셨으니 할 말은 없을 거예요.

　이제 와서 드는 생각인데, 엄마는 어차피 살 수 없는 사람이었던 것 같아요. 그래서 전 셋이서 살았던 그 행복했던 추억을 소중히 간직하면 그걸로 족하다는 생각이 들었어요. 적어도 하니오 씨는 살아남았으니, 이렇게 둘이서 가끔 서로 추억 이야기를 나눌 수 있으니까요. 어쨌든 엄마는 당신 덕에 난생처음 행복을 맛보고 죽었을 거예요. 정말 고마워요."

　소년은 어른스러운 이야기를 하면서, 커다란 눈에서 닭똥 같은 눈물방울을 교복 무릎 위로 떨어뜨렸다.

　"앞으로 종종 놀러 와. 무슨 이야기든 들어줄 테니."

　"네, 고마워요."

　"그리고 하나 부탁하고 싶은 게 있는데, 다행히 내 집 열쇠가 여기에 있어. 늘 바지 주머니에 열쇠고리를 넣어둔 덕에 불타지 않았거든. 번거롭게 해서 미안하지만, 열쇠를 줄 테니 우리 집이 어떤 상태인지 보고 와주면 좋겠어."

　"참 나 원, 다시 장사를 시작하려는 거예요?"

소년이 뒷걸음질을 쳤다.

"이제 관둬요, 그런 장사. 지겹지도 않아요?"

"알겠으니까 어떤지 보고 와줘. 문 아래로 우편물이 있을 테니, 그것만 가지고 오면 돼."

— 소년이 알았다고 하고 떠나자, 완전히 격의가 없어진 간호사가 물었다.

"대체 당신은 무슨 장사를 해요?"

"그건 당신이랑 상관없을 텐데요."

"아니, 호기심으로 물어보는 거예요."

"남자 첩입니다. 됐어요?"

"그래요? 저한텐 너무 비싸서 못 사겠네요."

"젊은 부인께는 무료 서비스도 해요."

"어머!…"

간호사가 흰 옷자락을 걷어 올리자, 흰 양말 끄트머리에 흰 가터벨트와 그 위에 노란빛을 띤 시골 흙 같은 허벅지 살이 보였다.

"호오, 이 병원 전망이 좋다고 한 게 그런 뜻인가?"

"그럴지도 모르죠. 당신 이제 기운을 차렸나 봐?"

하니오는 대답 대신 그녀를 침대 위로 안아 올렸. …

— 가오루는 늦은 시간에도 좀처럼 돌아오지 않았다.

걱정하고 있는데, 저녁 식사 후에 돌아온 가오루가 우편물을 침대로 내던지며 말했다.

"아아, 무서워라."

"무슨 일이야. 간호사는 이미 퇴근했고 아무도 안 올 테니 걱정할 필요 없어. 이야기해봐."

소년은 숨을 헐떡였다.

"문을 열고서 부스럭거리는데 갑자기 남자 두 명이 들어왔어."

"일본인이었어?"

"맞아. 근데 그걸 왜 물어봐?"

"왠지 외국인 아닐까 하는 느낌이 들어서. 그래서 어떻게 했어?"

"뒤에서 나를 붙잡더니 '광고를 낸 사람이 너냐?'라고 묻는데, 숨이 멎을 것 같았어. 또 다른 한 명이 '아니, 이런 꼬맹이일 리가 없지.'라고 말했어. '며칠 동안 망을 보다 겨우 잡았다고 생각했는데 꼬맹이일 줄이야.'라고 처음 말을 건 사람이 말하니까 다른 한 사람이 '아니, 얘는 보나 마나 심부름꾼이야. 어디 있는지 불라고 하자.'라고 무시무시한 목소리로 말했어. 난 지금 이야기해주겠다고 거짓말하고서, 우편물을 가지고 도망쳐 나왔는데…."

소년은 갑자기 하던 말을 멈추고 공포에 입을 떡 벌렸다. 병실 문이 노크 소리도 없이 천천히 움직이기 시작했다.

27

"당신들 누구야?"

문을 열고 뛰어 들어온 두 남자에게, 하니오는 냉정히 말했다.

'냉정히'라고 말하면 대단한 것 같지만, 만약 이 두 사람이 자신을 불합리하게 죽여준다면 그것도 괜찮겠다는 생각이 들었다. 그의 마음속에는 아름다운 흡혈귀를 뒤따르고 싶다는 애상이 희미하게 번져, 그 마음이 이제껏 죽음에 대해 가졌던 경박하고 피상적인 생각을 조금은 누그러뜨리는 느낌이었다. 하지만 그런 건 아무래도 좋았다. 죽는 계기 따위 뭐가 됐든 아무런 상관이 없었다.

두 남자 중 한 명은 문에 등을 기댄 채 병실 안을 감시하고 있었고, 다른 한 명은 침대 위에 있는 하니오를 가만히 주시했다.

가오루는 침대 뒤 벽에 붙어 떨고 있어서, 마치 하니오가 소년을 온몸으로 감싸주는 듯한 꼴이었다.

두 남자 모두 서른 살 남짓으로 보였고 깡패 같지 않은 수수한 옷차림이었다. 눈매가 날카롭고 얼굴이 각진 것으로 보아 군인이나 경찰을 하다 관둔 사람이 아닐까 싶었다. 몸놀림은 정말 날렵한데 복장은 몹시 촌스러웠기 때문이다. 하니오는 그중 한 남자에게 회색 양복에는 멍해 보이는 쥐색 넥타이 따위는 하지 말라고 가르쳐주고 싶었다.

"어이."

나이가 약간 더 있어 보이는 남자가 문 쪽에 서 있는 남자를 쳐다보지도 않은 채 말했다.

그 남자가 다가오는 사이에 하니오는 검은 권총이 자기 앞에 있는 남자의 손끝에 쥐어져 있고, 자신을 겨누고 있는 것을 보았다.

"움직이지 마. 소리 내지 말고. …어이, 꼬맹이도 소리를 내거나 도망치려 하면 바로 이거야."

거기까지는 흔히 있는 수법이었지만, 다가온 또 다른 남자가 하니오의 왼손을 덥석 잡고 침대에 반쯤 걸터앉아 무슨 이유가 있다는 듯 맥을 짚어서 놀랐다.

30초 동안 침묵이 흘렀다.

"몇이야?"

"76입니다. 30초에 38이니까요."

"너무 느리군. 전혀 정상이 아니야."

"평소의 맥박은 더 느릴지도 모릅니다. 50 정도인 녀석도 있으니까요."

"좋아."

그러더니 남자1은 차가운 권총 끝을 하니오의 잠옷 위 심장 부분에 바싹 가져다 댔다.

"그럼 이제 3분 있다가 발사하지. 그때까지 몸을 움직이거나 소리를 내면 바로 쏠 거야. 얌전히 있으면 3분은 더 살 수 있어."

가오루가 소리를 죽여 울기 시작하자 남자는 "시끄러워!" 하고 조용한 목소리로 혼냈다.

가오루는 바닥에 웅크려 앉아 숨죽여 울었다.

남자1이 눈짓을 보내자 남자2가 다시 맥을 짚기 시작했다. 다시 검은 강의 물결 같은 침묵이 흘렀다.

"이번엔 몇이야?"

"이상하군요. 낮아졌어요. 68이에요."

"그럴 리가 없어. 다시 한번 재봐."

"네."

하니오는 심전도 검사라도 받는 듯한 기분이 들어서 더욱 침착해졌지만, 말로 표현할 수 없는 우스꽝스러운 느낌도 들어서 제대로 반항할 마음이 생기지도 않았다.

"어때?"

"여전히 68입니다."

"좋아. 배짱이 꽤나 두둑하군. 거참 놀랍네. 이런 남자는 처음 봤어. 고생해서 찾은 보람이 있네."

남자1이 이렇게 말하고는 권총을 양복 안쪽 주머니에 넣고 이제까지와는 완전히 딴판으로 상냥하게 말했다.

"자, 이제 편히 쉬시죠. 테스트는 합격입니다. 정말 깜짝 놀랐습니다. 간덩이가 부은 분이군요. 놀라운 성적입니다."

남자는 뒤로 물러서더니 의자를 끌어와서는 침대 옆에 허물없이 앉았다. 뜻밖의 전개에 울음을 그친 가오루도 침대 뒤에서 모습을 드러냈다.

"당신들은 대체 누구지?"

하니오가 잠옷의 세 번째 단추가 풀린 것을 깨닫고 그것을 채우자 손끝에 따끔한 것이 만져졌다. 빼서 무엇인지 확인해 보니 검푸르게 빛나는 머리핀 하나였다. 아마도 조금 전 간호사가 흘리고 간 게 틀림없다.

"오, 여복이 많은 사람이네."

남자1이 히죽거리며 담배에 불을 붙였다.

"당신들은 대체 누구냐고 물었는데."

"손님이야. 당신 가게의."

"어?"

"손님한테 실례가 되는 이야기는 그만하시죠. '라이프 포 세일' 사의 라이프를 사러 온 손님이잖아요, 우린? 대체 이상할 게 뭐 있죠? 가게에 손님이 나타났다고 해서."

28

"좀 더 얌전하게 사러 올 수는 없어요?"

하니오는 어이가 없어 담배에 불을 붙이려 했다. 그때 남자1이 권총을 꺼내어 방아쇠를 당기고 라이터 불을 탁 켜서 코 앞으로 내밀었다.

"이런, 속임수였군요."

"뭐, 테스트할 때는 여러 가지 수법을 쓰니까요."

싱글거리며 대답하는 남자의 얼굴을 보아하니 사람이 아주 좋아 보였다.

"이제 꼬맹이도 알았지? 조금 전 아파트에서는 거칠게 굴어서 미안했어. 어떻게든 하니오 군을 빨리 찾고 싶어서 한참을 고생했거든. 우리는 그냥 손님이고 하니오 군이 목숨을 홍모鴻毛*처럼 가볍게 여기는 사람이라는 것도 알았겠지…."

"홍모라는 게 뭐예요?"

가오루가 작은 목소리로 물었다.

"홍모라는 건, 다시 말해 홍모지. 그런 것도 몰라? 요즘 고등학생들이란 참. 이래서 요즘 일본 교육이 틀려먹었다는 거야. …그건 그렇고 이제 너는 집으로 돌아가. 하니오 군의 안전에 대해서도 걱정할 필요 없고, 우리가 위법행위를 하려는 건 절대 아니야. 가다가 경찰서 같은 데 고자질하지 않는 게 좋을 거야. 어설픈 수작 부리다가는 이런 라이터 권총도 진짜로 작동하게 될 수 있으니까. 너도 가슴에 구멍이 뚫린 채로 학교에 다니기는 싫잖아?"

"바람구멍을 뚫어준다면 거기에 렌즈를 끼우고서 한 번에 10엔을 받고 들여다보게 해주면 좋은 아르바이트가 될 것 같은데."

"쓸데없는 소리 하지 말고 어서 집에 가."

• 기러기의 깃털

"안녕히 계세요."

작은 목소리로 말하고 하니오 쪽을 불안한 듯 쳐다보며 떠나는 가오루에게 하니오가 말했다.

"걱정하지 않아도 돼. 네가 우리 가게에 왔을 때도 말도 안 되게 억지스러웠잖아? 조만간 다시 연락할 테니 안심하고 가도록 해."

"응."

가오루의 그림자가 문 뒤로 사라졌다.

"와, 저런 꼬맹이도 손님이었어요?"

"음, 목숨을 산 건 저 아이의 엄마였지만요."

"우와."

남자1이 유달리 감탄했고, 남자2도 이제는 침착해진 태도로 잠자코 다른 의자에 앉았다.

"그건 그렇고, 저 아이가 들으면 안 될 만큼 중대한 이야기를 하신다면, 한잔하면서 할까요? 저는 의사가 오히려 술을 권장할 만큼 상태가 좋은 환자라서요."

하니오는 침대 밑에서 스카치위스키를 꺼내어 먼지투성이 잔을 시트로 대충 닦고는 두 손님에게 건넸다. 두 사람은 꺼림칙하다는 표정으로 그 잔에 위스키를 콸콸 따르는 소리를 들었다.

세 사람은 술잔을 들고 차분히 술을 마셨다.

"이제 본론으로 들어가자면, 성공하면 성공 보수로 200만 엔, 실패했을 시에는 착수금 20만 엔만 받는 조건은 어떻겠습니까?"

"성공 보수라뇨? 목숨이 없어진 후의 일인데, 결국 당신들의 지출은 어차피 20만 엔이라는 이야기잖아요?"

"섣불리 넘겨짚지 마시죠. 이 일은 잘만 되면 목숨도 건지고 200만 엔까지 받을 가능성도 있어요."

"얘기 좀 자세히 들려주시죠."

하니오는 침대 위에 양반다리를 하고 앉아 술을 홀짝이며 이야기를 듣기 위해 자세를 잡았다.

29

"그럼, 어디서부터 이야기하면 좋을까요?"

남자1은 눈가의 주름에 그간의 고생과 좋은 성격이 역연히 나타나는 얼굴로 이야기를 시작했다.

"저희는 이름도 그렇고 직업이 무엇인지도 말씀드릴 수 없습니다. 이런 부분은 목숨을 구매하려는 사람이라면 당연하겠지만. 어쨌든 들어보시죠.

저희는 엄연한 일본인입니다만, 이 이야기에는 일본이 아닌 다른 두 나라의 대사관들이 얽혀 있습니다.

한쪽 나라를 A, 다른 한쪽을 B라고 부르죠. A국 대사 부인은 소문난 미인인데, 어느 날 밤 자국 대사관으로 각국 대사들을 불러 연회를 열었어요.

이런 건 대사관 입장에서는 우리가 마작을 하자며 손님을 초대하는 것보다도 가벼운 행사입니다. 그날 밤 대사 부인은 옷자락이 끌리는 에메랄드그린색 이브닝드레스를 입고서 손님을 맞았습니다. 황족이 참석하는 격식 있는 파티라 몸치장을 정성껏 하신 거죠.

우리가 그 대사관과 어떤 관계인지, 그 점에 대해서는 말씀드릴 수가 없습니다.

어쨌든 에메랄드그린색에 같은 색 자수가 놓인 이브닝드레스라면 누구나 에메랄드 액세서리를 착용할 생각을 하겠죠. A국 대사 부인은 그런 고급 목걸이를 가지고 있었어요. 멋진 에메랄드 서른다섯 알이 달렸고 그 사이에 작은 다이아가 박힌 굉장한 물건이죠. 그런데 연회에서 춤이 시작되면서 연회장이 어두워졌고, 손님들이 춤에 푹 빠져있는 사이에 행사가 다 끝날 때가 되었는데, 부인은 자기 가슴에 있던 그 목걸이가 사라졌다는 사실을 알게 되었습니다.

부인이 그 사실을 내색하지 않았기에 다른 손님들은 눈치채지 못했고, 목걸이의 존재를 알았던 손님들도 부인이 도중에 풀었나보다 하고 생각했습니다.

춤을 추는 동안 손님들의 절반 정도는 이미 돌아간 상황이었으니, 행사가 끝났을 때 연회장은 상당히 한산했습니다.

부인은 약간 창백한 얼굴로 있었지만 한 명 한 명을 미소 띤 얼굴로 다부지게 배웅했고, 마지막 손님이 돌아가자 대사의 가슴에 쓰러져 흐느껴 울었습니다.

'어떡해. 큰일 났어요. 에메랄드 목걸이가 없어졌어.'

몇천만 엔을 호가하는 물건이니 도난당한 것 자체도 큰일이었지만, 어쨌든 손님을 대접하던 와중에 홀연히 사라졌으니 모든 손님들이 망신을 당하게 할 수는 없었지요.

'뭐?'

그렇게 말한 대사 또한 얼굴이 창백해지면서 할 말을 잃었습니다.

대사는 결코 구두쇠인 사람이 아닙니다.

나라의 재산도 상당하고, 심심풀이로 대사 자리를 샀다는 소문이 있을 정도로 여유가 있는 남자입니다. 목걸이 하나 때문에 깜짝 놀라 어쩔 줄 모를 이유가 없습니다.

하지만 대사에게는 부인에게도 말하지 않은 중대한 문제가 있었습니다.

그 이야기를 하려면 에메랄드라는 보석에 대한 설명부터 해야 합니다.

대부분 보석은 맑고 투명할수록 값어치가 높은데, 에메랄드만은 그렇지가 않습니다. 천연 에메랄드에는 반드시 균열이 가 있습니다.

그 균열이 초록색 바다를 들여다보는 듯한, 보석이 지닌 하나의 멋이기도 하고, 균열의 모양에 따라 예술적인 가치가 달라집니다. 에메랄드는 말하자면 다이아몬드 같은 보석과는 달리 육체적인 보석이라고 할 수 있을지도 모르지요. 왜냐하면 그 희미하면서도 뿌연 균열이 아름다운 초록색 보석의 생명이라면, 그 균열이 이 보석에 어떤 유기적인 신비로움을 부여할 수밖에 없기 때문입니다.

대사는 부인에게 이 목걸이를 선물할 때 단 한 알만 인공 에메랄드를 섞어두었습니다.

그 에메랄드는 참으로 훌륭한 인조 보석이었고, 다른 서른네 알과 비교했을 때 거의 구별이 되지 않을 만큼 균열이 간 모양도 그렇고, 색조도 잘 만들어졌어요.

그런데 그 인조 보석 한 알의 미세한 균열이, 바로 A국 본국이 대사 앞으로 직접 보낸 최고기밀 전보의 암호를 해독하는 열쇠였습니다. 아주 미세하고 뿌연 균열에 대고 조명을 켜서 전보문을 비추면 암호를 해독할 수 있었던 거죠.

A국의 전보문을 누군가가 훔쳐보고 있다는 사실을 알고 있던 대사는, 여러모로 고민한 끝에 그 열쇠를 에메랄드 속에 넣어 부인의 목걸이를 맡아 보관하다가 어쩌다 연회에서 쓸 때면 금고에서 꺼내 왔습니다.

물론 부인은 이 비밀을 몰랐습니다.

낯빛이 창백해진 대사의 모습을 보고 부인이 말했습니다.

'대체 누구일까요? 저도 모르는 사이에 그런 걸 당당히 훔쳐 간 사람이. 오늘 손님들은 각국 대사들과 일본의 최고 신사 숙녀들뿐이었잖아요?'

'언제 도둑맞은 것 같아?'

대사가 목소리까지 떨면서 물었습니다.

'글쎄요, 댄스타임 때 말고는 그럴 새가 없었을 것 같아요.'

'당신은 누구랑 춤을 췄죠? 몇 명이랑?'

'다섯 명인가, 아, 여섯 명이었던 것 같아요.'

'생각해봐요. 누구누구인지.'

'글쎄요, 처음엔 황족.'

'그 사람은 아닐 거고, 그리고?'

'다음은 일본 외무대신.'

'그 사람이 설마. 다음은?'

'B국 대사요.'

'아, 그 사람일지도 모르겠네.'

A국 대사는 입술을 깨물었습니다.

A국과 B국은 이곳 도쿄에서 스파이전을 벌이는 앙숙 사이이니 의심할 만도 합니다.

술에 취했고, 장내 조명도 어둡고, 음악이 흐르는 가운데 인파 속에서 부인의 희면서도 부드러운 목에서 목걸이를 슬쩍 푸는 정도의 일은, 그 뚱뚱하고 덩치가 큰 주제에 손끝만큼은 유연한 B국 대사라면 할 수 있습니다.

그날 밤 경찰에 신고를 할지 말지, 대사 부부는 고민에 고민을 거듭했습니다. 날이 밝자 잠을 거의 못 잔 부부 앞에 심부름꾼이 하도롱지* 봉투를 담은 은쟁반을 가져왔습니다.

---

* 화학 펄프를 사용한 다갈색의 질긴 종이. 포장지나 봉투를 만드는 데에 쓴다.

'오늘 아침 우편함에 이런 게 들어있었습니다.'

열어 보니 틀림없는 에메랄드 목걸이였습니다.

부인이 뛸 듯이 기뻐한 것은 말할 필요도 없습니다.

'하여간, 장난이었군요. 남을 이렇게 괴롭히다니. 누구 짓이건 이렇게 정성을 들여 장난을 치다니 외교관의 수치 아닌가요?'

'정말 당신 게 맞아?'

'네, 틀림없어요.'

부인은 아침 햇살 속에 에메랄드 서른다섯 알로 된 아름다운 목걸이를 치켜올리고는 보란 듯이 흔들었습니다.

대사는 목걸이를 받아 들고 인조 보석 한 알을 찾아보았습니다. 그러고는 곧 깨달았습니다. 그 한 알만이 천연 에메랄드로 바꿔치기 되어 있었던 걸요."

30

"대사가 그때 에메랄드의 비밀을 부인에게 털어놓았다면 조금은 나았을지도 모릅니다."

남자1이 이야기를 계속 이어갔다.

"하지만 대사는 그런 점에서 조심성 많은 옛날 신사 같은 기질이 있어서, 대사가 하는 일이 아무리 부부가 함께 공무에 힘쓰는 것이라 해도 최고 기밀은 자기 혼자 가슴에 묻어두는 성격이었습니다.

대사는 바로 본국으로 전보를 보내어, 암호를 해독하는 열쇠를 누군가가 훔쳐갔으니 앞으로 암호 전보문은 모두 새로운 방식으로 바꿔주면 좋겠다고 요청했습니다.

그러면 앞으로 일어날 일은 해결할 수 있겠지요.

하지만 지금까지 가로챈 전보문을 누군가가 보고 해독해서 공표한다면 엄청난 국제 문제로 이어집니다. 에메랄드의 비밀을 상대방이 알고 훔친 이상, 그런 일이 일어날 것은 불 보듯 뻔했어요.

대사는 해독된 자료가 내일이라도 공표된다면 모든 게 끝장이라고 생각했습니다. 하지만 공표가 하루라도 늦어지면 그나마 가망이 있습니다. 이틀이 늦어진다면 더욱 가망이 있어요. 왜냐하면 상대방이 그것을 공표함으로써 당할 보복을 두려워하거나, 아니면 공표할 수 없는 무슨 이유가 있을 것 같았기 때문이죠.

그렇다고 해서 도난당한 자료를 전부 되찾기는 거의 불가능할 겁니다. 왜냐하면 금세 여러 부를 복사해서 본국으로 보냈을 것이 뻔하니까 그중 한 부를 회수해봤자 아무 소용이 없기 때문이죠.

대사는 몹시 곤란했습니다.

매일매일 살얼음판을 걷는 기분으로 상대방이 어떤 수를 둘지 기다릴 수밖에 없게 된 겁니다.

하지만 단 하나의 방법이 남아있었습니다.

자국의 가짜 에메랄드에 해당하는 상대국의 암호 해

독 열쇠를 빼내어 그걸로 거래를 하는 거죠. 대사 쪽에서도 상대국에서 오는 전보문을 가로채고 있었지만, 지금은 암호를 전혀 해독할 수 없는 상황이기 때문입니다.

대사는 하루를 더 기다리기보다는 하루라도 빨리 암호 해독 열쇠를 훔쳐 와 손을 써야겠다고 결심했습니다. 그런데 문제는 그 열쇠가 어디에 있느냐 하는 겁니다.

상대인 B국은 이렇게 비밀로 해온 에메랄드 열쇠를 찾았을 뿐만 아니라 감쪽같이 훔치는 데 성공했습니다. B국은 첩보망이 우수하기로 유명하니 그렇게까지 할 수 있었겠지만, A국 역시 스파이 조직에는 자신이 있었습니다. 그런데 아직도 찾아내지 못했다니, 어지간히 정신을 못 차리고 있는 게 분명해요.

대사는 이틀 내로 열쇠를 찾아 훔쳐 오라는 엄명을 내렸습니다.

A국의 스파이는 B국 대사관을 진작부터 뒤지고 있었지만 다른 대사관과 차이점을 무엇 하나 찾아낼 수 없었습니다. 딱 한 가지 특이한 점은, B국 대사가 밤늦게까지 서재에서 공부를 하고 그때 본국 전보문도 해독한다는데, 대사가 당근을 너무 좋아하는 나머지 책상 위에 생당근 스틱 스무 개 정도를 컵에 꽂아두고 출출하면 거기

에 소금을 뿌려서 오독오독 먹는다는 소문뿐이었습니다. 이 정보는 B국 대사관에 고급 청정채소인 서양 당근을 늘 공급하는 가게에서 손에 넣은 것이었습니다.

  최고 기밀의 암호 해독과 생당근.

  이 조합은 너무도 기묘하고 우스꽝스럽습니다.

  그런데 A국에서 가장 우수하고 솜씨 좋은 첩보원이, 이 조합은 무언가 우연이 아닐 거라는 냄새를 맡았습니다. B국 대사관에 잠입한 이 남자를 X1호라고 부르지요. 그는 유럽의 어느 작은 나라 태생인데 A국에서 철저한 스파이 교육을 받았고 위장 경력이 여덟 차례나 있는, 국적이 없는 남자입니다.

  B국 대사관에 잠입하기 전 X1호는 비밀리에 A국 대사를 만났습니다.

  '오늘 밤에 기필코 열쇠를 찾아 가져다드리겠습니다.'

  '어디에 있는지 감은 잡히나?'

  'B국 대사의 당근을 시식하고 오겠습니다.'

  그는 자신만만하게 씩 웃으며 말했습니다.

  A국 대사가 X1호를 본 건 이때가 마지막이었습니다.

  그는 B국 대사관에서 시체로 발견되었으니까요.

  정체불명의 침입자가 들어와 청산가리를 먹고 자살했

다는 발표가 있었고, 사건은 그대로 마무리되었습니다.

며칠이 지나도 B국 대사관이 빼돌린 A국의 기밀 전보 내용을 발표하지 않는 것을 보고 A국 대사는 어느 정도 안심했지만, 물론 완전히 마음을 놓을 수는 없었습니다.

한 달, 아니 일 년 뒤라도 B국은 정치적으로 가장 효과적인 시기를 노려 발표할지도 모르기 때문입니다.

A국 대사는 뒤이어 X2호를 잠입시켰습니다.

이 사람은 그대로 행방불명되었습니다.

그런데 떠나기 전에 그 사람도 A국 대사를 만나 X1호와 마찬가지로 '당근을 시식해봐야겠습니다.'라고 말했다고 합니다.

그리고 X3호도 마찬가지로 사라졌습니다,

A국 대사관은 끝내 사태의 중대성을 깨닫지 않을 수 없었습니다. 다시 말해 문제는 결국 당근인 것 같은데, B국 대사는 보란 듯이 여전히 매일 밤 책상에 새로운 생당근을 올려둔다고 합니다. 그리고 당근을 먹어보러 간 스파이들이 거기서 하나를 빼먹는 순간 청산가리 중독 증상으로 즉사한 게 분명합니다. 아마도 스무 개 중 한두 개만 독을 바르지 않은 당근이고, 대사만이 그것을 구분할 수 있어서 오독오독 맛있게 먹을 수 있는 것 같

고요. 그게 아마 암호 해독의 열쇠와 관련이 있을 텐데, 스무 개 중에 독이 없는 당근을 구분하기는 도저히 불가능했습니다.

게다가 죽은 스파이 세 사람은 양성하는 데 한 명당 몇억 엔이나 든, 말하자면 무형문화재 같은 전문가들이어서, A국 대사관은 이제 더 이상 쓸데없는 희생을 치를 수가 없었습니다.

그래서 당신이 특별히 뽑힌 겁니다.

당신이 바로 거기에 잠입해서 독이 없는 당근을 구분해 먹고, 해독의 열쇠를 알아낼 수 있는 사람이라는 거죠. 어떻습니까?

우리는 이렇게 엄연한 일본인이지만 A국으로부터 특혜를 받은 사람들입니다. 그래서 당신의 목숨을 사서, A국에 은혜를 갚고 싶어요."

"그럼 성공 여부에 따라 당신들도 막대한 포상금을 받나요?"

"물론입니다. 그렇지 않다면 나잇살 먹고 이렇게 깡패 같은 짓을 하면서 당신을 쫓아다니지는 않았겠지요."

"그렇군요."

하니오는 느긋하게 천장을 향해 담배 연기를 내뿜었다.

"어때요? 스무 개 중 하나일 확률인데, 승산이 있을까요?"

"아니, 그보다…" 하니오는 애써 깊이 생각하는 것처럼 말했다. "A국 대사관에 이미 몰래 빼돌린 B국의 최고기밀 전보가 있다는 거죠?"

"그야 물론이죠."

"제 생각에 그런 건 아무런 도움이 안 됩니다."

"왜죠? 열쇠만 찾으면 되는데."

"아뇨, 열쇠보다도 종이가 문제예요. A국 대사관이 B국 대사관의 전보 용지를 입수했나요?"

"글쎄요?"

"그것부터 확인해야 합니다. 그럼, 모든 건 내일에 달렸네요. 전 내일 죽을지도 모르는 몸이니 오늘 밤에는 푹 자야겠어요. 이제 돌아가 주세요. 내일 아침에 데리러 와주시고요."

"아닙니다, 당신이 달아나면 큰일이니 우리도 여기서 자겠습니다."

"그럼 마음대로 하시지요. 내일 아침에 체온을 재러 오는 간호사가 깜짝 놀라겠지만, 친척이 병문안을 왔다가 하룻밤 묵었다고 하면 되겠죠. 어휴, 별로 달갑지 않은 친척이네요.

 …그럼 어쨌든 내일 아침 대사관이 여는 시간에 당신들 중 한 사람이 A국 대사관으로 가서 B국의 전보 용지가 있는지를 확인해주십시오. 그래야 무슨 일이든 할 수 있어요."

하니오는 자신만만하게 말하고는 하품을 크게 하고 베개에 머리가 닿자마자 곧 코를 골았다.

"정말 간땡이가 부은 남자군."

그곳에 묵게 된 두 손님은 마주 보며 혀를 내둘렀다.

31

 이튿날 아침은 봄답게 쾌청한 날씨였다. 의사에게 억지를 부려 외출 허가를 받은 하니오는 남자1이 대사관으로 가고 없는 사이에 거울 앞에서 여유롭게 수염을 깎았다.
 남자1이 나가자 남자2는 갑자기 수다쟁이가 되었지만, 하는 말마다 어쩜 이렇게 흔해 빠진 이야기를 하나 싶을 정도로 100퍼센트 상식적인 말뿐이었다.
 "하하, 무사 스타일이군요. 사지에 가는데 마음가짐이 이렇다니 정말 훌륭해요."
 간호사에게 부탁해 사다 준 크림빵을 아침 식사로 먹

는데, 그 남자가 천진난만하게 한입 가득 문 빵 옆으로 노란색 크림이 삐져나와 아침 햇살에 반짝였다.

하니오는 오랜만에 인생에서 즐겁고도 기묘한 감흥을 느꼈다. A국이라는 일류 국가의 스파이가, 그의 추리에 따르면 정말 어이없는 실수를 하는 바람에 아까운 목숨을 잃은 상황이다. 물론 아직 그의 추리가 맞는지 어떤지는 모르지만.

면도를 한 후 로션을 바른 그의 얼굴은 자기가 봐도 반할 정도로 아주 생기 있고 말쑥했다. 세상에서 어떤 고생도 겪지 않고 책임질 일도 없는 응석받이 부잣집 도련님 얼굴 같았다. 창밖에는 막 피기 시작한 벚꽃이 바람에 흔들리고 있었다.

잠시 후 헐레벌떡 뛰어 들어온 남자1이 말했다.

"다행이에요. 다행입니다. 용지는 벌써 입수한 상태였어요. A국 첩보원도 꽤나 바지런하군요. 어쨌든 죽음을 각오하고 잠입하러 가기 전에 A국 대사를 만나보실 필요가 있습니다."

"몇 시에 만날 수 있죠?"

"10시에서 11시 사이가 좋겠다는데요."

"맞다."

하니오가 손목시계를 보고 말했다.

"지금 잠깐 들를 곳이 있으니 10시 반에는 갈 수 있을 겁니다."

"들를 곳이라니 그게 어디죠? 그건 그렇고 귀 뒤에 비누 거품이 남아있어요."

"고마워요."

하니오는 이런 귀찮은 참견이 오늘 아침에는 조금도 거슬리지 않았고, 수건으로 귀 뒤를 닦고 그러는 김에 턱을 문질렀다. 그러자 수건에 빨간 것이 점점이 묻어났다. 면도칼 때문에 작은 상처가 난 것이다.

빨간 피를 보니 흡혈귀 여자의 추억이 떠올라 하니오의 가슴을 옥죄었다. 자신은 이제 두 번 다시 그렇게 나른하고 달콤한 죽음의 욕조에 몸을 담그는 기분을 맛보지 못할 것이다. 오히려 그녀가 그러려고 그에게 자기 목숨을 판 것 아니었을까?

"들를 곳이라니 그게 대체 어딥니까?"

남자1이 한 번 더 물었다.

"잔말 말고 따라오시죠. 그냥, 쓸데없는 걸 좀 사려고 합니다. 인간은 죽기 전에 여러모로 준비가 필요하니까요."

그 말을 듣고서 남자1이 엄숙한 얼굴로 입을 다무는 모습이, 하니오에게는 재미있게 느껴졌다.

병원 현관 앞에서 간호사가 말했다.

"첫 외출인데 너무 활개를 치고 다니면 안 돼요. 아직 진짜 외출이 아니니까요."

"제가 이제 100퍼센트 건강하다는 건 어제 이미 확인했잖아요?"

그렇게 말하자 간호사는 하니오의 팔을 꼬집었다.

야외의 봄빛 안에서는 그 팔의 통증조차 눈부시게 아름다웠다. 세 남자는 마치 경마라도 보러 가듯 장난기와 긴장감이 교차하는 표정으로 너른 언덕을 내려가 마을 쪽으로 향했다.

"신선한 채소를 파는 고급 식료품점에 갑시다. 아오야마 부근까지 가야겠어요."

세 사람은 택시를 잡아탔다.

오랜만에 보는 거리 풍경 그 어디에도 죽음의 기운은 없었다. 사람들은 당연한 생활에 목까지 푹 잠겨, 말하자면 인생의 장아찌 같은 모습으로 다녔다. '저기에 가면 나는 신 피클이다.' 하니오는 생각했다. 그에겐 같은 장아찌라도 술안줏거리에 지나지 않았다. 하루 세 끼 밥과

는 인연이 없었다. '이 또한 내 숙명이니 어쩔 수 없지.'

— 하니오는 K가게에서 냉장고의 하얀 냉기가 묻은, 스틱으로 잘라 넣은 서양 당근 한 봉지를 샀다. 두 남자는 그 모습을 진지한 표정으로 지켜보았다.

"이것만 사시나요?"

"네, 이것만요. 그럼 A국 대사관으로 가죠."

멋진 하얀 벽으로 된 대사관에 도착한 하니오는 뒤편에 있는 직원용 입구로 들어가야만 한다는 사실에 약간 자존심이 상했다.

그곳으로 들어가서 부엌과 지저분한 계단을 지나 문을 열자, 갑자기 멋스럽고 넓은 에드워디언 양식의 서재가 나왔다.

두 남자는 꼿꼿하게 선 채로 멈춰 섰다.

책상 너머로 백발이 섞인 머리를 똑바로 들고 앉아 있는 대사의 모습이 보였기 때문이다.

"말씀드렸던 남자를 데리고 왔습니다."

남자1이 말했다.

"수고가 많아요. 내가 A국 대사입니다."

대사가 가볍게 악수를 권하며 손을 내밀었다. 하니오는 그의 손에서 드라이플라워를 잡는 듯한 감촉을 느꼈다. 잡으면 그대로 부스러질 듯 부드러우면서도 자신의 손바닥 전체를 가시로 찌르는 듯한 느낌이었다.

"이건 착수금입니다. 받으시죠."

대사는 책상 위에 준비해뒀던 수표에 재빨리 20만 엔이라고 표기한 후 사인을 하고서, 아직 잉크가 마르지도 않은 수표를 건넸다.

"그럼 바로 일에 착수하겠습니다만, B국 전보 용지가 여기 있습니까?"

"이겁니다. 준비해두었지요."

"가로챈 전보문을 그 종이에 잘 나오도록 타자기로 쳐 주시겠습니까?"

"좋습니다."

대사는 벨을 눌러 타이피스트를 부르고 그 전보문과 용지를 건넸다.

"여기 복사본이 있습니다. 읽어보시죠."

하니오가 대강 훑어보니 일본어로 고쳐도 전혀 뜻이 통하지 않는 희한한 전보문이었다.

타이핑이 끝나기를 기다리는 동안 두 남자와 하니오와 대사는 말 한 마디 없이 마주 본 채 앉아 있었다. 벽에는 A국에서 정치계의 거물인 사람의 초상화가 걸려 있었고, 가죽 장정의 벤저민 디즈레일리 전집 따위가 꽂혀 있는 현란한 책장이 책상을 둘러싸고 있었다. 이 방에서는 어딘가 모르게 달콤하면서도 짙은, 외국인의 체취와 비슷한 냄새가 감돌았다.

각진 어깨의 중년 여성 타이피스트가 무표정한 얼굴로 타이핑한 용지를 가져다주고는 도로 나갔다.

"어디 보자…."

대사가 말했다.

"어디 보자…."

하니오도 그렇게 말하더니, 아직 찬 기가 남아있는 비닐봉지에서 당근 스틱 하나를 꺼내어 대뜸 입에 넣었다.

32

당근이 붉은색을 띠는 이유는 비타민 A의 모체인 카로틴 색소 때문이다. 색이 붉은 만큼 당근에는 비타민 A가 풍부하게 함유되어 있다.

다만 당근 안에 들어있는 파괴적인 성분이 있다면, 바로 비타민 C를 파괴하는 아스코르비나아제다.

그런데 당근에는 전분이 전혀 들어있지 않다. 그래서 당분을 맥아당으로 바꾸는 침 속 효소인 프티알린은 직접 작용하지 않는다.

아마도 문제는 서로 관련이 없는 두 성분인 아스코르비나아제와 프티알린이 전보 용지에 발라져 있는 약품에 상호 작용을 일으킨 데 있을 것이다. 즉 아스코르비나아제가 작용하지 않는 부분에서는 프티알린이, 프티알린이 작용하지 않는 부분에서는 아스코르비나아제가 각각 약품 반응을 일으키도록 교묘하게 배치되어 있을 것이다.

하니오는 당근을 잘 씹은 후에 뱉어서 그 전보문에 발라보았다. 그러자 각 단어 사이사이로 숨겨져 있던 글자가 순식간에 나타났다.

"이럴 수가."

대사는 판독에 열중했다.

"음, 음." 대사는 고개를 끄덕이며 혼잣말했다.

"당근은 더 있지? 이것 말고도 해독해주었으면 하는 전보문이 많이 있는데. 이젠 살았다. 이거면 B국과 거래할 수 있겠어. 이제 상대는 끽소리도 못 하겠지. 완전히 무승부가 됐으니."

하니오가 여전히 입을 우물거리며 말했다.

"소금을 더 뿌려야겠는데요. …그런데 이건 원래 술안주 아닙니까? 위스키라도 한잔 받을 수 있을까요?"

"술은 나중에 천천히 주겠네. 지금은 약품 반응이 어그러지면 큰일이니."

대사는 기쁨으로 눈을 반짝이며 당근을 말처럼 우적우적 씹고 있는 하니오의 얼굴을, 기대에 찬 눈빛으로 바라보았다.

33

― 모든 전보문에 씹어 뱉은 당근 찌꺼기를 덕지덕지 바른 후, 다른 방으로 안내받은 하니오는 200만 엔을 더 받았고 두 남자도 각자 수표를 받았다. 기뻐하는 표정을 봤을 때 분명 만족할 만한 금액이었을 것이다.

대사는 손수 하니오에게 위스키를 권하며 말했다.

"대관절 자네는 어떻게 생명이 위태로워지는 일도 없이 이렇게 큰 성공을 거둘 수 있었는가? 정말 궁금한데. 그 비결을 전수받고 싶네."

하니오가 대답하려 했지만, 복잡한 내용을 영어로 말하기가 힘들어서 남자1에게 통역을 부탁했다. 남자1은

의기양양하게 대사와 하니오 사이에 끼어 촌스러운 겉모습과는 어울리지 않는 유창한 영어로 통역했다. 다만, 하니오가 너무 무례한 소리를 많이 해서 그런 부분은 적당히 잘라냈다.

"대체 A국은 왜 이리 멍하니 있는 겁니까? 소중한 첩보원을 셋이나 죽이다니, 그것만으로도 손실이 몇십억 엔이겠지만 생각해보면 그렇게 바보 같은 스파이라면 여러 명이 죽더라도 나라에는 그만큼 이득일지도 모르지요. 당신들의 최고 두뇌가 욕심에 사로잡혀 모든 일의 가장 간단한 본질을 잊고 하찮은 부분에 집착한 탓에 일어난 사고입니다.

정말 그렇지 않아요?

첩보원 세 사람이 차례로 당근을 시식하려고 B국 대사관에 잠입한 건 사실입니다. 그 추측만큼은 잘못된 게 아니죠.

그런데 그 신문 기사를 보면, 거기에 뭐라고 적혀있었습니까?

'B국 대사관에 얼빠진 침입자 잠입, 독이 든 당근을 먹고 급사' 이런 제목이었고 입안에 청산가리가 든 당근을 한입 물고 있었는데, B국 대사는 조사에서 '동물 실험

용 사료를 실수로 책상에 두었는데 배고팠던 도둑이 그걸 먹어버렸다'라고 변명해서 세상 사람들에게 웃음거리가 되었죠.

당신들은 거기에 걸려들었어요. 두 번째 스파이의 죽음도 마찬가지였습니다.

B국 대사는 그 이후로도 매일 밤마다 태연히 독이 든 당근을 책상에 놓고서 다음 침입자를 기다리고 있었을 테니까요.

그런데 첫 번째 스파이가 진짜로 당근을 먹고 죽었는지, 누구 본 사람이 있습니까? 어쩌면 누가 억지로 입에 쑤셔 넣었을 수도 있잖아요.

다시 말해 B국의 노림수는 암호 해독에 무언가 특별한 당근이 필요하다고 생각하게 만드는 거였고, 독이 든 당근과 독이 없는 당근을 구별하기가 아주 어렵다고 생각하게 만드는 것이었습니다. 이 모든 게 심리적인 속임수였죠.

저는 이야기를 들었을 때부터 이런 속임수를 알아챘어요.

왜 보통 당근도 마찬가지일 거라고 생각하지 않을까? 이건 어린애라도 할 수 있는 생각입니다. 그런데 당신들은 너무 어렵게 생각하다가 사람 목숨까지 잃은 겁니다.

그래서 전 두 가지 방법을 써봐야겠다는 마음가짐으로 여기에 왔습니다. 먼저 보통 당근으로 시험해봐야겠다. 이 방법은 십중팔구 성공하겠지만 그래도 안 된다면 청산가리 당근을 먹으러 가서 그냥 죽어도 좋다. 뭐, 목숨을 걸었다면 당근을 먹는 일쯤은 아무것도 아니죠.

사실, 이제 와서 고백합니다만 전 당근을 아주 싫어합니다.

그 촌스러운 누런 빨강, 그 냄새, 특히 생당근은 더 질색입니다.

어렸을 때 제가 아주 싫어했던 아버지가 생당근을 우적우적 먹는 모습을 보고서 '저러다가는 곧 말이 되어버리겠군. 난 평생 저렇게 천박한 음식은 절대 먹지 말아야지.' 하고 어린 마음에 생각했던 게 어느샌가 진짜로 역한 기분을 느끼게 되어버린 거죠.

그 이후로 당근이 들어간 비프스튜 같은 걸 보면 재래식 화장실을 보는 것보다도 불쾌했고, 서점에서 '당근' 같은 제목의 소설을 보면 작가의 무신경함에 경악했습니다.

총에 맞아 죽을 것인가 당근을 먹을 것인가, 둘 중 하나를 그 자리에서 고르라고 한다면 저는 오히려 총살을 택하겠지만 제 목숨은 이미 제 것이 아니고 손님의 것이니 죽기보다 괴로운 당근 먹기를 보여드린 겁니다.

정말이지 200만 엔이면 싼 거죠.

그리고 A국 대사님께 특별히 말씀드리자면, 이제 앞으로는 매사를 복잡하게 생각하지 마십시오. 인생도 그렇고 정치도 의외로 단순하고 천박한 겁니다. 하긴, 언제든 죽을 마음으로 사는 게 아니고서야 그런 경지에 이를 수는 없겠지만요. 살고 싶다는 욕심이 매사를 복잡하고 기괴하게 만드는 거예요.

그럼 오늘은 이만 실례하지요. 이제 뵐 일은 없을 겁니다.

이번 일은 책임지고 아무에게도 말하지 않을 테니, 유능한 첩보원들에게 제 신변 조사를 시키지는 마십시오.

또한 앞으로 두 번 다시 도움을 드릴 일은 없을 테니, 다시는 저에게 연락하지 마십시오.

저는 A국과 B국의 대립 같은 정치문제에는 흥미가 전혀 없어서요. 당신들은 너무 한가해서 '대립'만 하고 있는 거 아닙니까?

그럼 안녕히 계십시오."

남자1이 통역을 다 마쳤을 때 하니오는 이미 으리으리한 문 쪽으로 물러나 공손히 고개를 숙이고 있었다.

34

― 그는 병원으로 돌아가 서둘러 짐을 챙겨 그곳을 나왔고, 미행이 없는지 경계하며 집으로 돌아와 바로 짐을 싸기 시작했다.

"결국 여기를 떠나요? 몰라보게 건강해졌는데 방을 빼시는군요. 정말 아쉬워요. 그래도 먼저 주신 반년 치 월세는 돌려드릴 수 없는데요."

"네, 그냥 가지세요."

"당신은 젊은데도 수입이 꽤 좋은가 봐요."

아파트 관리인은 샘이 난다는 듯 입안으로 혀를 굴리며 말했다. 이 남자는 늘 되새김질하는 소처럼 먹다 남은 음식 찌꺼기를 입안 어딘가에 놔두었다가 다시 맛보는 듯했다.

짐은 아주 단출했다. 하니오는 책을 거의 읽지 않았고, 옷도 싫증 나면 그냥 버리는 성격이었기에 가구를 정리하고 나머지는 커다란 상자 세 개 정도에 넣으니 그걸로 끝이었다. 언젠가 함께 저녁을 먹은 생쥐 인형이 나와서 그것도 상자 하나에 던져 넣었다.

아파트 앞에는 미리 불러둔 소형트럭이 기다리고 있었다. 열 송이도 채 되지 않는 꽃이 피어 있는 맞은편 집 현관 앞 벚나무를, 운전사가 멍하니 올려다보며 꽃놀이 기분에 젖어 있었다.

그가 거들려고 하지 않아서 하니오는 가구를 하나하나 스스로 옮겨 실었다.

아직 몸이 제대로 회복되지 않았는지, 아니면 당근이 몸에 안 좋았는지 의자 두 개를 내린 것만으로도 땀이 뻘뻘 흘렀다.

관리인은 어디로 숨었는지 도우러 오지도 않았다.

테이블을 겨우 지고 계단을 내려가는데 갑자기 짐이 가뿐해졌다. '왜 이러지?' 하고 보니 오늘 아침에 봤던 남자1이 테이블을 빼앗아 자기 어깨에 지고 있었다.

"도와드리지요. 몸이 회복된 지도 얼마 안 되었는데 이런 걸 하다니요."

그렇게 말하는 사이 남자2가 계단을 재빨리 올라오며 소리쳤다.

"이 상자를 들고 내려가면 되는 겁니까?"

짐은 눈 깜짝할 사이에 트럭에 다 실렸다.

"정말 고마워요. 그런데 더 이상 저를 뒤쫓지 말아 달라고 부탁드렸을 텐데요."

"뒤쫓을 생각은 없습니다. 은혜를 갚는 것뿐이죠. 저희한테 좋은 일을 해주신 분들은 다들 '걸음아 날 살려라' 하고 저희한테서 도망치려 하더군요. 저희도 잘 알아요. 앞으로 폐를 끼치는 일은 절대 없을 겁니다. 하지만 혹시 무언가 곤란한 일이 생기면 언제든 불러주십시오. 바로 도우러 올 테니까요."

"권총도 가지고 오시죠?"

"물론입니다."

남자1은 참으로 우직한 얼굴로 힘을 실어 대답하고는 직함 하나 없이 '우치야마 마코토'라는 이름과 주소, 전화번호가 적힌 명함을 내밀었다.

그리고 최대한 친절한 미소를 얼굴에 한가득 띠며 물

었다.

"그런데 이제 어디로 이사를 가시나요?"

"그런 건 묻지 마시죠. 저도 모르니까요."

하니오는 쌀쌀맞게 대답하고서 조수석에 올라탔다. 벚꽃 아래에서 손을 흔드는 두 남자를 뒤로한 채, 트럭은 마지못해 간다는 듯 느릿느릿 출발했다.

"어디로 가죠?"

멍하니 있던 운전사가 물었다.

"세타가야."

하니오는 아무렇게나 대답했다.

사실은 갈 곳이 정해져 있지 않았다.

주머니에는 200만 엔과 20만 엔짜리 수표가 들어있었다.

그는 먼지가 뿌연 봄의 거리를 내다보며 이 장사를 시작한 이후로 지금까지 수입이 얼마였는지를 계산했다.

첫 번째 노인에게서 10만 엔.

그다음 자살한 여자 건으로 50만 엔.

흡혈귀 아들로부터 23만 엔.

이번 사건으로 220만 엔.

도합 303만 엔을 순식간에 번 셈이다. 대략 한 달에 100만 엔꼴이니 결코 나쁜 장사가 아니다. 카피라이터 시절 수입의 열 배는 된다.

아파트 월세에 쓸데없이 돈을 썼지만, 그래도 이 정도 돈이면 당분간 호화로운 생활이 보장된다.

인기가수라든가 영화배우 같은 사람들은 물론 더 많은 돈을 벌겠지만, 그들은 그 대신 지출도 많다. 하니오처럼 목숨을 내걸고 유유히 남의 신세를 지거나 피를 빨리는 식의 편안한 생활은 불가능하다.

어찌 됐건 지금은 '목숨을 팝니다' 장사를 잠깐 쉴 좋은 기회라는 생각이 들었다. 이쯤에서 당분간 느긋하게 호화로운 생활을 해보고, 그대로 끈덕지게 살고 싶어지면 살아도 되고, 또 죽고 싶어지면 장사를 다시 시작하면 된다.

마음이 이렇게 자유로웠던 적은 없다.

결혼 같은 걸 해서 한평생 매여 살거나, 직장 생활을 하면서 남에게 혹사당하는 사람들의 마음을 도무지 이해할 수 없다.

이대로 살다 돈이 다 떨어져서 곤란해지면 그때 자살해도 되지 않을까?

자살….

거기까지 생각하자 그는 왠지 알 수 없는 정신적인 구

역질이 나는 것 같았다.

한 차례 실패한 만큼 자살만큼은 아무리 생각해도 내키지 않았다. 모처럼 방종하고 자유로운 기분에 젖어 있는데, 지척에 있는 담배를 집으려고 일어설 마음이 도무지 들지 않는다. 담배를 피우고 싶은 마음은 크지만, 여기서 손을 뻗어도 닿지 않는다는 사실을 알면서도 담배를 집으려고 일어나는 게, 왠지 고장 난 자동차를 뒤에서 밀어달라는 부탁을 받은 것처럼 힘겨운 일로 느껴진다. 그것이 다시 말해 자살이다.

"세타가야에서 어디쯤이죠?"

운전사가 도쿄 외곽순환 7호선 도로를 달리며 물었다.

"어디쯤이냐면, 부동산이라든가 중개소가 있는 데서 세워줘요."

"어이가 없네. 손님은 이사 갈 곳이 정해져 있지 않은 건가요?"

"네. 안 정했어요."

"어이가 없네."

운전사는 그렇게 말하면서도 딱히 놀란 표정을 짓지도 않았다.

우메가오카역으로 들어가는 모퉁이에, 유리문에 임대

팻말을 내건 중개업소 하나가 눈에 띄었다.

"저기가 좋겠네. 저기 세워줘요. 저 앞이면 주차가 되겠지요?"

"응."

운전사는 입을 반쯤 벌린 채 콧소리로 대답했다.

문을 드르륵 열고 들어가자 여자가 인사했다.

"어서 오세요."

살결이 희고 통통한, 쉰 살 남짓으로 보이는 그 여자는 책상에 앉아 무슨 서류를 들여다보고 있었다.

한쪽 구석에는 볏짚이 삐져나온 소파가 있었고, 테이블 위에는 장미 조화를 꽂은 꽃병이 놓여 있고, 벽에는 이 주변의 지도가 붙어있었다.

"방이 필요한데, 가능하면 별채처럼 자유롭게 드나들 수 있는 데가 좋아요. 식사까지 챙겨주는 곳 없을까요?"

"이렇게 갑작스럽게 모든 조건이 맞는 곳을 찾을 수는 없어요. 월세는 얼마까지 낼 수 있는데요?"

"월 5만 엔. 5만 엔이 좀 넘어도 괜찮아요. 물론 식비는 별도고요."

"잠깐 기다려요."

여자가 장부를 펼치려는 순간 유리문이 덜컹거리며

열렸고, 슬랙스 차림의 한 여자가 들어왔다.

그 여자를 보고 쉰 살쯤 된 여자는 노골적으로 눈살을 찌푸렸다.

35

 슬랙스 차림의 여자는 어쩐지 똑바로 서 있지 못했고 이상해 보였다.

 안색도 안 좋았고 나이는 아직 서른이 안 되어 보였다. 체격에 비해 작은, 말하자면 일본 스타일의 맵시 있는 얼굴은 화장과 어울리지 않았고, 스웨터 차림의 볼록한 가슴도 체형과 어울리지 않았다.

 이 여자가 들어오자마자 가게에 있던 쉰 살 남짓의 여자는 하니오의 존재를 까맣게 잊어버린 것 같았다.

 "경찰 부를 거야. 이렇게 귀찮게 굴면."

 하얗고 통통한 여주인은 지방이 많은 살을 떨며 위협

했다.

"부를 거면 부러. 나는 나쁜 짓 한 적 없어."

슬랙스 차림의 여자는 혀가 잘 돌아가지 않는 발음으로 말하더니, 하니오 앞에 있던 의자를 돌려 뒤를 보고 앉았다.

"아니, 참. 왜 이렇게 귀찮게 구나 몰라. 방세는 그렇게 비싸게 부르면서 조건은 얼마나 까다로운지, 아무리 중개료를 많이 준다고 해도 우린 사람을 주선하는 게 아니니까요. 그럼 자기가 알아서 찾고 이야기하면 되잖아요? 당신한테 그럴 능력이 없으니 어쩔 수 없지만."

"중개업자 주제에 그렇게 무례한 말을 할 권리는 없지 않아요? 능력이 있건 읎건, 당신이 알 바가 아니잖아."

그렇게 말하는가 싶더니 의자 등받이에 머리를 기대고 갑자기 코를 골며 잠들었다. 잠든 얼굴은 천진난만하고 살짝 벌린 입술이 부드러워 보여서 약간 입맛이 도는 여자지만, 코 고는 소리만큼은 감당이 안 된다.

"역시 이상하다 싶더니만 약을 하더라고. 정말 나를 뭐로 보는 거야? 경찰에 신고해야지. 미안하지만 당신이 잠깐 여기 좀 지켜줄래요? 이 여자가 다시 깨서 난동을 피우다 주위 물건을 부수기라도 하면 큰일이니까. 아유,

짜증나."

"대체 무슨 일이죠?"

하니오는 주차하고 기다리는 트럭도 잊은 채 느긋하게 앉아 이야기를 들었다.

"이 사람은 말이죠, 근처에 사는 번듯한 집안 따님인데요. 부모님과 함께 으리으리한 집에 사는 막내딸이에요. 다른 형제들은 결혼해서 각자 가정이 있다는데, 이 사람만 지나치게 귀여움을 받고 자라서 제멋대로인 성격에 방탕한 생활을 하니, 이래서 시집을 가겠냐고요.

부모님이라는 사람들은 원래 이 근처 대지주였는데, 전쟁이 끝난 뒤로는 생활이 힘들어져서 제가 여러모로 도와드리면서 토지나 가옥을 팔아줬어요. 남은 게 지금 사는 집뿐인데 아무리 부자라도 있는 걸 팔아서 하는 생활이니 바닥이 보이잖아요? 그래서 다실 스타일로 된 방 세 칸짜리 별채를 남한테 빌려준다는데, 거기까지는 흔한 이야기이니 제가 도와줘도 별 상관이 없어요.

그런데 문제는 이 아가씨, 이름이 레이코 씨인데, 이 아가씨가 모든 일을 망쳐버려요. 그 낡은 별채를 보증금 50만 엔에 월 10만 엔이라면서 단 한 푼도 깎아주지 않고, 심지어 독신인 젊은 남자가 아니면 싫다는 조건을 달고 제 제안은 쳐다보지도 않고요. 그중에는 레이코 씨한테 눈독을 들이고 돈을 그만큼 내겠다는 중년 사장님도 계셨는데 말이죠. 그런데 이런 식으로 장사를 방해하러 와서 일을 다 망치는 걸, 전 참을 수가 없어요. 제 입장이 되어 보세요. 이걸 참을 수 있겠냐고요."

그렇게 말하더니 여자는 경찰서에 가는 일은 이미 잊었는지 얼굴에 소매를 대고서 울기 시작했고, 끝내는 임대 팻말을 붙인 유리문에 이마를 대고 울어서 바람이 강하게 부는 날처럼 문이 덜컹거렸다.

한 사람은 코를 골고, 한 사람은 우는 상황에 하니오는 할 말을 잃었지만 곧 결심하고 일어나 울고 있던 쉰쯤 된 여자의 어깨에 손을 올려놓았다.

"저기, 제가 그 제안을 받아들이죠."

"네?"

쉰쯤 된 여자는 눈물을 훔치더니 하니오의 얼굴을 뚫어져라 쳐다보았다.

"단, 조건이 있어요. 귀찮으니까 이삿짐은 그 별채에 일단 내려두고, 제가 그 집이 마음에 들지 않는다거나 상대방이 저를 마음에 들어 하지 않으면 바로 나오겠습니다."

"벌써 이삿짐을 다 챙겨 온 거예요?"

"밖에 트럭이 기다리고 있어요. 저기, 보세요."

바람이 불어오고, 맞은편 담장 너머로 흔들리는 벚꽃 아래 주차된 트럭에서 내린 운전사가 또 멍하니 꽃구경을 하고 있었다. 노란 안개가 자욱해 약간 탁해 보이는 푸른 하늘이었다. 담장 위로 고양이가 지나가는 모습이 보였다. 고양이는 검은 벚나무 가지로 뛰어넘어 가더니 몸을 해파리처럼 움직이며 가지를 타고 내려갔다.

왠지 이상하게 밝은 오후였다.

무언가 굉장히 커다란 것을 깜빡 놔두고 온 듯한 오후, 환한 공터 같은 봄의 오후였다.

하니오는 방금 전까지 휴양을 할 생각이었는데, 자기가 또 이상한 일에 휘말렸음을 깨달았다. 세상은 아마도 구름처럼 생긴 곡선자 모양일 것이다. 지구가 공 모양이라는 말은 아마도 거짓말이다. 그것은 한 변이 어느샌가 묘하게 뒤틀려 안쪽으로 구부러지기도 하고, 그러다 곧게 뻗은 한 변이 갑자기 낭떠러지가 되어버리기도 한다.

인생이 무의미하다고 말하기는 쉽지만, 그 무의미한 삶을 살아가는 데는 상당히 강력한 에너지가 필요한 법이라고 생각하며, 하니오는 새삼 감탄했다.

쉰쯤 된 여자는 레이코의 어깨를 흔들어 깨웠다.

"이봐요, 이 분이 별채를 빌리겠대요. 젊고 독신이고, 딱 당신 취향이죠? 이제 할 말 없죠? 어서 안내해드려요."

눈은 떴지만 머리는 의자에 기댄 채로 하니오를 올려다본 레이코의 입가에 침 한 줄기가 반짝였다. 하니오는 그 모습이 꺼림칙하면서도 묘하게 에로틱하게 느껴졌다.

레이코는 부스스 일어나더니 "나, 좋아. 오랫동안 찾던 사람을 드디어 만났네. 기뻐해줘요. 심술궂은 말만 하지 말고."라며 아무런 감흥이 없는 공허한 목소리로 허풍스럽게 말하고는, 쉰쯤 된 여자를 껴안았다.

"이래서 싫다니까. 사람을 괴롭힌다 싶다가도, 아직도 완전 그냥 어린애니까."

쉰쯤 된 여자는 이번에는 확실히 영업용임을 알 수 있는 미소를 띤 채 하니오를 보며 말했다.

36

 레이코의 지시로 뒷문에서 가까운 별채 현관 앞에 주차한 트럭에서 짐을 전부 내리자, 레이코는 하니오의 손끝을 잡아끌고 안채로 이어지는 징검돌을 걸어갔다.
 바로 근처에 차량 통행이 많은 도쿄 외곽순환 7호선 도로가 있다는 게 믿기지 않을 만큼 나무가 우거진 정원을 지나자 안채 툇마루가 나왔고, 그 앞에 놓인 등나무 의자에 마주 보고 앉아 있는 노부부의 모습이 보였다.
 "어머. 왔니, 레이코?"
 "응. 별채를 빌릴 사람을 데려왔어."
 "아이고, 이런. 어수선하지만 이리로 들어오시죠."

아담한 체구의 기품 있는 노부인이 하니오에게 정중히 인사했고, 곁에 있던 똑같이 기모노를 차려 입은 기품 있는 백발노인이 말했다.

"처음 뵙겠습니다. 구라모토입니다."

상냥하게 자기소개를 하는 모습에 하니오는 호감을 느꼈다.

손님을 방으로 안내해서 기둥을 등지고 앉힌 후 차를 내오는 식의 대접 태도가 지나치게 고풍스럽고 진지해서, 하니오는 왠지 어딘가 찜찜했다.

가구나 집기도 훌륭했고 자단나무로 만든 거대한 선반에는 향로와 옥으로 된 앵무새 장식품이 놓여 있었다. 도코노마에 있는 족자도 제문題文*이 들어가 있는 고풍스럽고 우아한 도원향도桃源鄕圖**다.

"딸이 이렇게 버릇이 없지만 잘 부탁드립니다."

주인이 말하자 노부인도 말했다.

"아니, 버릇이 없다고는 해도 사실은 마음씨가 정말

- • 원문은 '찬贊'으로, 문인화文人畵의 여백에 들어가는 글을 뜻한다. 제문에는 그림과 관련된 다양한 이야기나 정보가 담겨있다.
- •• 도원향이란 중국 동진 때 도연명이 지은 산문 '도화원기'에 나오는 이상향으로, 도원향도는 그것을 그린 그림을 말한다.

고운, 정말 선녀 같은 딸입니다. 천진난만한 데가 있어서, 너무 맑은 마음으로 세상을 살아가려다 보니, 자기도 모르게 하이메나 같은 걸 먹어서…."

"어머, 엄마, 하이미날이에요."

레이코는 아주 명쾌하게 부인의 말을 정정했다. 노부인은 나이가 서른이 조금 안 된 이 딸을 마치 열두어 살 여자아이처럼 묘사했다.

"네, 그래요. 그런 걸 먹고, 그리고 엘 어쩌고도."

"엄마도 참, LSD예요."

"엘 어쩌고, 어? 에스에스비라고? 카레라이스 같은 이름이네. 어쨌든 그런 유행하는 약도 먹고, 밤에는 신주쿠 근처를 돌아다니고, 그런 게 다 '꿈의 왕자님'을 만나기 위해서래요. 그렇지 레이코?"

"엄마도 참."

"이 아이는 아무튼 자존심이 세서 그런 면에서 다른 형제들과는 달라요. 인생에 성실하게 임하려는 좋은 성격도 있어서, 그걸 잘 키워줘야겠다는 생각은 들어요. 나이 먹은 사람이 싹을 뽑으면 안 되니까요. 조급해하지 말고 따뜻한 시선으로 지켜봐줘야겠다는 마음입니다. 뭐, 이렇게 딸 이야기만 해서 죄송합니다만, 이런 마음씨

고운 딸이 저 별채를 열심히 개조해서 꼭 자기가 꿈꾸는 사람이 살아주었으면 좋겠다는데, 제가 그걸 어떻게 말리겠어요.

오늘 당신을 뵙게 된 건 하늘의 뜻이랄까요? 레이코에게 이보다 더한 행운은 없을 겁니다.

자, 레이코. 어서 별채를 소개해드리지 그래?"

"응."

레이코가 일어나 다시 하니오의 새끼손가락을 아플 정도로 당기자, 하니오도 비틀거리며 일어났다.

봄의 햇살이 아직 새싹이 드문드문 나 있는 나뭇가지들 사이로 정원에 풍부하게 쏟아졌다. 동백꽃이 점점이 핀 덤불을 따라 다시 별채에 이르자 레이코는 덧문을 덜컹이며 열었다.

곰팡이 냄새가 코를 찌를까 싶었는데 그렇지 않았다.

다실에는 다다미가 한 장도 없었고, 그곳은 작은 낙엽을 모아 깔아둔 듯한 무늬의 아스타일* 바닥으로 된 부엌으로 수리되어 있었다.

* 아스팔트와 안료를 가열하여 섞은 다음 압축하여 얇은 판자 모양으로 만든 건축 재료

옆쪽의 거실로 들어간 하니오는 깜짝 놀랐다. 호화로운 텐진 카펫이 깔려 있었고 인도차이나풍의 대나무 세공 침대에는 페르시아풍의 능직 침대 스프레드가 덮여 있었으며, 족자가 걸려 있었을 법한 도코노마에는 근사한 오디오가 놓여 있었다. 한쪽 구석에는 베트남풍 자단에 나전 공예를 한 루이왕조식 의자 세트가 놓여 있었다. 그 옆에는 하반신이 부드러운 은방울꽃잎 모양이고, 상반신은 몸을 구부려 전등을 든 여인 모양의, 아르누보 양식으로 된 청동 재질 스탠드램프가 놓여 있었다.

 벽은 모두 두꺼운 비단으로 뒤덮여 있고, 모퉁이에는 거울을 붙인 아름다운 와인 캐비닛이 있었다. 그 문을 열자 나무랄 데 없는 술들이 진열되어 있었다.

 '이런 집이면 월세가 비쌀 만하지.'

 하니오가 내심 중얼거리는데 그의 속내를 꿰뚫어 본 듯 레이코가 말했다.

 "그 부동산 여자는 집안 사정을 아무것도 모르거든. 바보야, 그 여자는. 그렇게 괴롭히면 진지하게 화를 내니까 재미있어. 난 이 방을 공들여 만들었어. 늘 외톨이거든. …신주쿠에 가도 혼자고. 친구를 만들지 않으니까. 외로워서 이런 취미를 즐기는 거야. 이상해?"

"딱히 이상하지는 않아. 그나저나 취향이 멋있네. 좀 기괴하지만."

"모두 아빠의 수집품을 창고에서 꺼내서 진열한 거야. 그 사람도 옛날엔 나쁜 짓을 했으니까. 지금은 저렇게 득도한 얼굴을 하고 있지만."

"아버지가 뭐라고 하지 않아?"

"뭐라고 하지 않느냐니, 이 집에서 내 말을 거역하면 무서워서 살 수가 없을걸."

레이코는 갑자기 큰 소리로 웃더니 언제까지고 웃음을 그치지 않았다.

그때 살짝 열어둔 덧문을 두드리며 노부인이 들어왔다. 노부인은 접힌 닥나무 종이를 담은 옻 쟁반을 호들갑스럽게 들고 있었다.

"청구서와 계약서입니다. 잘 부탁드립니다."

'권리금 일금 50만 엔, 월세 일금 10만 엔.' 이런 말들이 에도 시대 공문서 같은 서체로 세세하게 적혀 있었다.

"돈은 되는데 수표라서 딱 맞는 금액으로 드릴 수는 없겠네요. 벌써 3시가 지났으니 내일 은행으로 가서 현금으로 바꿔다 드릴게요."

"그러시죠. 언제든 괜찮습니다."

이렇게 말한 노부인은 다시 천천히 물러갔다.

하니오는 현관에 놓아둔 짐이 마음에 걸렸다. 이런 만듦새의 방에 두면 초라해 보이기만 할 것 같아 창고에 갖다 넣어야겠다고 생각하는데, 곧 레이코가 말했다.

"창고라면 언제든 안내해줄게. 가져온 가구 같은 거 넣고 싶어서 그러지?"

그녀는 독심술을 터득한 듯했다.

"어떻게 내 마음을 아는 거지?"

"약을 먹고 비틀거리다 보면 그렇게 돼. 왜인지는 몰라도 평소에는 그런 일이 없지만."

그 후로 두 사람은 대화를 잇지 못한 채 침묵했다.

생각하면 할수록 이 집은 이상한 곳이다. 어째서 이렇게 방을 호화롭게 꾸미고서 거대한 침대를 두고, 심지어 사람을 가려 뽑아 비싼 월세를 받으며 빌려주려고 하는지 알 수가 없다.

물론 생계를 위해서겠지만 그렇다 쳐도, 이렇게 한창때가 지난 후텐* 아가씨가 세입자를 찾으려고 중개소에

---

* 일본에서 1960년대에 저녁때가 되면 도쿄, 신주쿠역 구내 잔디밭에 둘러앉아 지나가는 사람을 쳐다보며 소리를 지르던 젊은이들. 일본식 히피족.

죽치고 앉아 미움을 사는 일이 어디 흔할까?

상식을 벗어났지만 미친 것 같지는 않다.

아마도 하니오 같은 남자는 한 가지 일에서 벗어나도 또 다른 '동족'을 만날 운명인지도 모른다. 고독한 인간은 상대가 지닌 고독의 냄새를 개처럼 맡고 알아채는 법이다. 그가 결코 건전하고 실용적인 인간이 아니라는 걸, 레이코가 이제 막 잠에서 깬 듯한 게슴츠레한 눈빛으로 재빨리 간파한 게 분명하다.

그런 인간일수록 자기 둥지를 현란하게 장식하는 습성이 있다는 건 이상한 일이다. 하니오는 간소한 아파트에서 '목숨을 팝니다' 장사를 시작해서 성공한 끝에 사치스러운 휴식 공간을 찾고 있었는데, 여기는 정말 그 목적에 걸맞은 곳이었다. 낮은 천장부터가 웅장한 무덤 같은 인상이 있었다.

"난 이 집에서 당분간 심신의 피로를 풀고 싶어."

하니오는 반쯤 혼잣말처럼 말했다.

"왜 피곤한데?"

"음, 어쨌든 지쳤어."

"인생에 지쳤다, 사는 데 지쳤다, 그런 평범한 뜻은 아니겠지?"

"근데 그거 말고는 지칠 일이 없잖아."

레이코는 언뜻 코웃음을 쳤다.

"다 알면서 왜 그래. 당신은 죽는 데 지친 거야."

37

 레이코의 눈은 왠지 초점이 없는 듯한 느낌인데도 그 말은 어쩐지 으스스할 정도로 정곡을 찔렀다.
 하니오가 우물쭈물하는데 레이코가 책장에서 커다란 호화장정의 책 한 권을 꺼내 왔다. 그 책을 무릎 위에 놓고 끊임없이 페이지를 넘기다가 하니오에게 어떤 부분을 가리키며 말했다.
 "이거야, 이거."
 그 책은 큰 판형에 멋진 삽화가 들어간 『아라비안나이트』였다. 레이코가 가리킨 삽화는 근친상간으로 유명한 이야기였는데, 이복남매가 금단의 사랑에 빠져 세상의 눈을 피해 지하 무덤 속에 호화로운 방을 꾸미고는 뚜껑을 덮어 지상을 차단한 채 밤낮을 가리지 않고 쾌락에 빠졌다가 결국 하늘의 노여움을 사서 천벌로 불에 타 죽는다. 아버지가 은신처를 찾아 무덤에 들어갔을 때 본 것은, 비단으로 수놓인 침대 위에서 서로 끌어안은 채 새까맣게 타 죽은 시체였다는 내용이다.

삽화는 사람의 형상을 한 전라의 불탄 시체들이 재 하나 묻지 않은 호화로운 침대 위에서 서로 끌어안은 모습을 담고 있었다. 그 그림은 죽음의 꺼림칙함, 추함과 함께 생전에 두 사람의 아름다운 육체를 불태운 쾌락의 불을 상징했다. 두 사람은 마치 하늘의 노여움으로 인한 불이 아니라, 육체의 쾌락이 지핀 불 때문에 산 채로 불탄 듯 보였다.

"새까맣게 불탔는데도 여전히 키스하고 있어. 대단하지 않아? 쾌락이 절정에 달했을 때 죽은 거야."

레이코가 말했다.

"그건 그렇고 이런 방에 나처럼 제멋대로 구는 하숙생을 들여서 어쩔 셈이야?" 하니오가 묻자 레이코는 말했다.

"그건 언젠가 차츰 알게 되겠지. 내일 받을 걸 받고 나서 이야기할게."

38

밤에 심심해진 하니오는 가오루에게 전화를 걸었다.

"어, 어디야? 전에 살던 아파트에서는 나왔지?"

가오루의 기뻐서 들뜬 목소리가 들렸다. 어머니의 죽음은 이제 이 소년의 마음에 아무런 그늘을 드리우지 않는 것 같았다.

"갑자기 이사했어. 새 주소랑 전화번호 알려주려고."

"잠깐! 이 전화, 누가 도청하고 있는 거 아냐?"

"그럴 우려는 충분히 있지. 하지만 그래도 상관없어."

"장사 다시 시작했어?"

"지금은 쉬어."

"그래야지. 당분간 몸을 추스르는 게 좋아. 딱히 생활에 지장도 없잖아?"

소년은 어른스럽게 말했다.

"다시 시작하게 되면 잘 좀 부탁할게."

"나 원 참. 이제 좀 적당히 성실하게 살지. 그건 그렇고 놀러 가도 돼?"

"지금은 곤란해."

"또 여자 생겼지?"

"맞아."

"쳇. 버릇하고는."

"무슨 일이 생기면 전화할게. 그럴 때 의지할 사람은 너밖에 없으니까."

이 말은 분명히 소년의 자존심을 건드렸다. 가오루는 "그래놓고 목숨을 살려주면 날 원망할 텐데, 어쩌지? 어쨌든 연락 기다릴게. 그때까지 훼방 놓지 않을 테니 안심하고."라고 말하고 전화를 끊었다.

이튿날 하니오는 은행에 가서 계좌를 개설하고 수표를 현금으로 바꾼 뒤 집으로 돌아와 바로 구라모토 부인에게 돈을 지불했다.

"아이고, 친절하셔라. 고맙습니다. 딸이 얼마나 기뻐할까요. 지금은 집에 없지만. …딸이 당신 같은 분을 오랫동안 찾고 있었답니다."

노부인은 현관 앞에서 기품 있는 미소를 띠며 말했다. 그리고 호들갑스럽게 보라색 보자기로 감싼 계약서를 하니오에게 건넸다.

"잠깐 들어가도 될까요?"

"아유, 그럼요. 차라도 끓여야겠네요."

노부부는 하니오를 따뜻하게 맞이했다.

조용한 거실에 들어서자 하니오는 마음이 정말 차분해졌다. 그곳에는 현대의 온갖 마물이 배제되어 있었다. 딱 한 사람, 딸인 레이코만 빼고!

구라모토 씨는 읽고 있던 당나라 시 선집을 옆에 내려놓으며 물었다.

"건강해 보이니 무엇보다 다행입니다. 어젯밤에는 잘 잤어요?"

"네, 덕분에요."

하니오는 자연스러운 인사로 그 물음에 답했다. 나는 혼신을 다해 서둘러 죽으려 했다. 그런데 여기에는 결코 죽음을 서두르지 않는 부부 한 쌍이 있다. 뜰에는 어디선가 날아 들어온 벚꽃잎이 바람에 흩날렸고, 방 안에는 서늘한 낮의 그늘과 노인의 흰 손이 넘기고 있는 당나라 시 선집이 있다. 이 사람들은 조용히, 언젠가 다가올 겨울을 준비하며 스웨터를 뜨듯이, 천천히 시간을 들여 자신들의 죽음을 뜨고 있다.

이 차분함은 어디에서 오는 걸까.

"레이코를 보고 놀라셨겠지만…."

구라모토 씨가 싱글벙글하며 말했다.

"아무쪼록 잘 좀 봐주십시오. 그 아이가 그렇게 된 데는 제 탓도 있습니다."

하니오가 무심코 구라모토 씨의 얼굴을 보는데, 부인이 차를 가지고 들어와 차분히 말했다.

"맞아요. 그 이야기를 들으시는 게 좋을지도 모르겠네요."

"전 옛날에 뱃일을 했습니다."

구라모토 씨가 이야기를 시작했다.

"처음에는 선장이었고, 마지막에는 육지로 올라와 제가 속했던 선박 회사의 임원이 되고 사장이 되어서 이 부근 땅을 사모아 대지주로 여생을 보낼 생각이었습니다. 그런데 전쟁에 지고 나서는 지주로 살기가 불가능해졌고, 그 이후로 점점 더 가난해졌어요. 게다가 토지를 잘 가지고 있었으면 지금쯤 재산이 몇십억 엔은 되었을 텐데, 전후에 재산세를 내려고 토지의 일부를 팔면서 그러는 김에 나머지도 연이어 팔아 치워 현금으로 바꾸었으니, 바보도 이런 바보가 없습니다.

뭐 그건 그렇고, 막내딸인 레이코가 태어난 건 쇼와14년*으로 제가 선장을 관둔 이듬해였습니다.

선장 일에 지쳐서 가벼운, 요즘 말로 하면 노이로제에 걸려서 2~3주를 정신병원에 입원했습니다. 그게 말끔히 나은 건 그 후로 제가 임원으로 뽑히고, 거기에 사장이 되어 어엿하게 근무를 한 이력만 봐도 아시겠지요.

그런데 20년이 지나, 다시 말해 9년 정도 전에 일어난 작은 사건으로 레이코는 인생에서 큰 시련을 겪게 되었습니다.

그 무렵 레이코에게 혼담이 들어와 레이코도 굉장히 마음을 두었던 상대가 있었는데, 갑자기 상대방이 거절을 했습니다. 레이코는 호기심이 왕성한 아이라, 거절당한 이유 같은 건 캐물을 필요가 없었는데도 수다떨기를 좋아하는 중매쟁이한테서 끝내 그 이유를 듣고 말았습

* 1939년

니다.

 상대는 20년 전 저의 입원 사실을 찾아내어 '이건 그냥 노이로제가 아닐 것이다. 선장을 했던 사람이니 매독이 분명하다. 입원 1년 전에 태어난 레이코는 분명 선천성 매독에 걸려있을 것이다.' 이런 식으로 근거도 없는 의심을 하기 시작했지요.

 그 이후로 레이코의 성격은 완전히 달라졌습니다.

 술도 마시고, 담배도 피웠죠. '그런 이야기는 그 사람의 말도 안 되는 공상이다. 혈액 검사를 하면 알 테니, 함께 병원에 가서 의사에게 잘 설명해달라고 하자.' 이렇게 말해도 그 말을 듣지 않았습니다. 그 어떤 과학적 설명도 그 아이를 납득시킬 수 없었던 겁니다. 그 아이는 '나는 머지않아 분명 미치광이가 된다. 그러면 목숨도 끝이니 결혼 따위 하지 않을 테고, 아이도 낳지 않겠다.'라고 하면서, 정말 무슨 수를 써도 꿈쩍도 하지 않았어요.

 저 아이의 형제들은 모두 성실하고 반듯하니 여러모로 타일렀던 것 같은데, 레이코는 더욱더 비뚤어져서 그 누구의 말도 듣지 않았습니다.

 결국은 레이코의 희망대로 저 별채의 명의를 변경해서 레이코의 재산이 되었는데, 이상하게도 자기는 별채에 살지 않고 비싼 월세로 남에게 빌려주고서 그 돈을 자기 생활비로 쓰겠다고 하더군요. 제가 나이가 들긴 했지만 딸 한 명을 기르기는 버겁지 않습니다만, 아시다시피 주신 돈은 그 아이의 수입이나 마찬가지입니다.

참으로 이상한 이야기라 정말 면목이 없습니다. 이러한 사정을 잘 이해해주시고, 조금이라도 딸을 가엾게 여기시어 여기에 살아주시면 좋겠어요.

요즘 그 아이는 계속 신주쿠 근처를 어슬렁거리는 것 같고, 이상한 약도 먹어서 이웃 사람들도 싫어합니다. 심지어 '나는 선천성 매독에 걸렸으니 언젠가 분명 미치광이가 될 것'이라고 굳게 믿으니 어찌해야 할지를 모르겠습니다.

이거 참, 정말 부끄러운 이야기를 했습니다.

딱 하나 다행스러운 건, 저렇게 신주쿠 부근을 근거지로 삼으면서 일요일 같은 때는 아침에 집에 들어오기 십상인 저 아이가 어째서인지 늘 혼자서 다니고 절대 친구를 사귀지 않아요. 집에도 지저분한 차림새의 친구들을 누구 하나 데려온 적 없고요. 이건 정말 다행스러워요. 여자인지 남자인지도 알 수 없는, 요괴처럼 머리가 긴 사람이 드나들면 우리도 귀찮기 짝이 없을 테니까요.

실례지만 그런 점에서, 당신은 젊은데도 옷차림이 단정하십니다. 젊은 사람은 이래야 하는데 말이죠."

39

— 그날 레이코는 늦은 시간에도 좀처럼 집에 들어오지 않았다. 하니오는 침대에 엎드려 책을 읽으면서 자기도 모르게 레이코를 기다렸다.

그녀를 찾으러 신주쿠에 가보는 것은 무의미했다.

그는 디자이너 시절부터 히피족 무리를 잘 알았다. 그들은 분명 '무의미'를 탐구하는 사람들이었지만, 불가피하게 덮쳐오는 무의미에 직면한 사람들이라고 볼 수는 없었다. 레이코가 좋은 예인데, 그들이 그렇게 된 데는 지극히 세속적인 어떤 이유가 있었다. 매독에 대한 비과학적인 공포라든가, 학교가 싫고 공부가 싫다든가, 그런

하찮은 이유가.

'이유'를 지닌 모든 인간을 경멸할 수 있는 지점에, 하니오는 서 있었다.

무의미는 결코 히피족이 생각하는 방식으로 인간을 덮쳐오지 않는다. 그것은 반드시 신문의 글자들이 바퀴벌레들의 행렬이 되어버리는, 그런 방식으로 찾아온다.

길이라고 생각하면서 아무렇지 않게 걸었는데 그곳이 36층짜리 빌딩 옥상의 난간이라든가, 고양이를 놀리며 놀다가 고양이가 '야옹' 하면서 벌린 그 비린내 나는 입의 암흑 속에 갑자기 대공습에 불탄 도시처럼, 새까만 폐허의 마을이 펼쳐지는 것.

그러고 보니 그는 샴 고양이를 키우려고 진지하게 고민한 적이 있었다. 그러다 뜻밖에도 생쥐 인형과 함께 저녁을 먹게 되었지만.

삽에 우유를 담아 샴 고양이의 코끝에 가져다 대고, 고양이가 그걸 마시려고 하면 삽을 들어 올려 고양이의 얼굴을 우유 범벅으로 만들어버리는 것.

그가 공상 속에서 아주 중요하다고 생각했던 이 의식은 분명 일본의 정치, 경제 모든 분야에서 중요한 것이었다. 즉 나라의 내각 회의는 그렇게 시작해야만 하고,

안보 조약 문제도 그렇게 해결되어야만 했다. 오만한 고양이 한 마리가 생각지 못한 굴욕을 당함으로써 우리는 고양이를 키우는 일의 의미를 절실히 깨달을 수 있는 것이다.

즉 하니오의 생각은 모든 것을 무의미부터 시작하고, 거기에 의미를 붙이는 자유 속에서 살자는 것이었다. 그러기 위해서는 결코, 결코 의미가 있는 행동부터 시작하면 안 되었다. 우선 의미가 있는 행동부터 시작하고는 좌절하거나 절망한 끝에 무의미에 직면하는 인간은 그냥 센티멘털리스트였다. 목숨을 아까워하는 녀석들이었다.

선반을 열면 거기에 이미 산더미 같은 쓰레기들과 함께 무의미가 틀어 앉아 있는 게 분명할 때, 사람이 굳이 무의미를 탐구하고 무의미한 생활을 할 필요가 있을까?

하니오는 아마도 자신이 언젠가 또다시 '목숨을 팔' 것이라고 생각했다.

— 그때 다실 문이 살며시 열렸다. 고양이인가 싶었는데 레이코였다.

그녀는 귀에 커다란 플라스틱 귀걸이를 늘어뜨리고 멕시코 판초 같은 옷을 입고 있었다. 빨강과 초록과 노랑의 어지러운 줄무늬 옷 위로 창백한 목이 드러나 있었다.

"엇, 잘 다녀왔어?"

하니오는 가정적인 인사를 했다.

"배고프지? 저녁밥 만들어줄까 해서 왔어."

"참 서비스가 좋은 집주인이네요."

"당신, 아버지한테 무슨 이야기 들었지?"

레이코는 하니오의 이마 언저리를 쳐다보며 물었다.

"여기 어디에 그렇게 쓰여 있어요?"

"응. 난 뭐든 아니까."

레이코는 그렇게 말하고는 작은 부엌으로 가서 소리를 내며 요리하기 시작했다. 하니오는 심심해서 수다를 떨고 싶었기에 물소리나 칼질 소리에 방해받으면서도 큰 목소리로 대화를 나눴다.

"오늘 밤부터 여기로 같이 자러 와줄 수 있어. 어때?"

"그것 참 고맙네요. 그런데…"

"그런데 뭐?"

"내일 아침에 둘 다 불탄 시체로 발견된다고 해도 무섭지 않나 보네?"

"가스 밸브 열어둘게. 그러면 깔끔하게 죽을 수 있으니까."

"그런데 『아라비안나이트』에서도 실컷 즐기다가 죽잖

아요. 하룻밤 가지고는 수지가 안 맞아요."

"분에 넘치는 소리 하기는."

잠시 대화가 멈추고 국물 요리가 끓는 소리가 들렸다.

"설마 독을 넣은 건 아니겠죠?"

"그러면 좋겠어?"

"비소는 나중에 발견돼요."

"나랑 같이 죽으면 상관없겠지."

"아직 승낙하지는 않았는데요. 난 방을 빌리긴 했어도 당신을 빌리는 계약까지 하지는 않았으니까요."

레이코가 완성된 요리를 가져왔다. 맛있어 보이는 부용*과 필레미뇽**에 작은 와인병도 함께 곁들여져 있었다. 하니오가 열심히 먹는 모습을 보며, 고양이처럼 나른한 자세로 앉은 레이코가 물었다.

"맛있어?"

"응."

"있잖아, 나 좋아해?"

마찬가지로 졸린 듯한 말투로 물었다.

---

* 고기나 뼈를 삶아 우려낸 국물
** 고급 쇠고기 안심이나 등심 부위를 구운 요리

"응. 요리도 잘하고, 좋은 신붓감이네."

"농담하지 말고. 나, 당신을 만나길 계속 기다려왔어. 편지를 쓴 적도 있어. 당신이 집으로 올 줄 알았어. 나, 이상한 확신이 있었어. 역시 당신, 그 사람이 확실해. 신문에 아침저녁으로 이상한 광고를 냈던 사람. '목숨을 팝니다'라고. 맞지?"

40

"헉. 어떻게 신문광고를 낸 남자가 나라는 걸, 중개소에서 처음 만났을 때 알았어요? 난 그냥 지나가다가 우연히 그 가게로 들어간 것뿐인데요."

"사진을 갖고 있었으니까."

레이코는 태연한 얼굴로 대답했다.

"내 사진을? 누가 줬는데?"

"형사 같네. 그렇게 소시민처럼 집착하는 건 당신답지 않은데?"

그것으로 대화가 끊겼지만, 레이코와 중개소에서 만난 건 단순히 우연이라고 해도 자기도 모르게 찍힌 자신의 사진이 유포된 것은 확실한 듯했다. 그런데 대체 무슨 목적으로? 전혀 짐작할 수 없는 세계에서, 내가 나도 모르는 사이에 스타가 된 걸까?

식사가 끝나자 레이코가 몸을 기대어 왔다. 그리고 하니오의 뺨을 두 손으로 감싸고는, 무서울 정도로 큰 눈동자로 하니오의 얼굴을 유심히 들여다보며 말했다.

"있지, 내 병 옮겨줄까?"

"으응."

하니오는 귀찮은 듯 대답했다.

"나는 곧 미치광이가 될 예정이라서 이렇게 있다가 갑자기 발광할지도 몰라."

레이코의 말을 듣고 하니오는 혼기를 놓친 이 아가씨가 갑자기 안쓰러워졌다.

— 입고 있던 옷을 벗은 레이코의 투명한 느낌의 아름다운 몸을 본 하니오는 놀랐다. 약을 먹어서 거칠 거라 생각했던 피부는 그렇지 않았고, 매끄러운 피부가 어두운 등 아래로 이음새도 없이 불안하고도 고독한 영혼을 빈틈없이 감싸고 있었다. 건강해 보이는 젖가슴은 마치 널찍한 고분 같은 모양으로 솟아올라 있어서 레이코의

나체는 왠지 아르카익*한 인상을 주었다. 잘록한 허리선마저 약간 양식적인 과장을 띠었고, 박명薄明 속에 떠오른 흰 배는 어디까지나 부드럽고 풍만하게 가득 차 있었다. 하니오의 손가락이 닿는 모든 곳마다 잔물결 같은 떨림이 그녀의 온몸에 퍼져나갔다. 하니오는 말이 없는 레이코가 버려진 불쌍한 어린아이 같다고 생각했다.

그러나 절정의 순간 레이코의 미간에 마치 조각처럼 깊이 새겨진 고통을 본 하니오는 설마 했던 의혹을 거뒀다. 일을 치른 후 시트에는 작은 새 모양의 피가 배어 있었다.

느긋하게 누운 채로 그 이야기를 일부러 하지 않고 있는데, 레이코가 먼저 말했다.

"어때, 놀랐지?"

"정말 놀랐네. 당신이 처녀였다니."

레이코는 잠자코 일어서더니 오달리스크**처럼 알몸으로 달콤한 술과 술잔 두 개를 쟁반에 담아 가져왔다.

"난 이제 안심하고 죽을 수 있어."

- 그리스 초기(기원전 650년부터 480년경)의 소박한 미술 양식
- 옛날에 튀르키예 궁정에서 황제를 섬기던 백인 여자 노예. 18세기 말부터 프랑스 화가의 그림 소재로 많이 쓰였다.

"말도 안 되는 소리 하지 마."

하니오는 약간 졸려서 멍하니 대답했다. 지금, 산다느니 죽는다느니 하는 이야기는 지긋지긋했다.

41

그리고 레이코가 드문드문 시작한 이야기는 이러했다.

자기는 이렇게 무덤 속으로 들어가고 싶었다. 그런데 그러려면 상대가 필요했다. 가장 어울리는, 자신과 많이 닮은 상대가.

레이코는 이야기 도중에 외모나 말투와는 상반되는 내성적인 아가씨 기질을 드러냈다.

"난 말이지, 아무도 좋아하지 말아야겠다고 굳게 결심했었어. 왜냐하면 누군가를 좋아하게 되면 결국 병을 옮길 거고 상대가 불쌍하니까. 게다가 병에 걸려도 괜찮다고 말해줄 만큼 나를 사랑해주는 사람이 있다고 해도,

그 사람에게 되돌아올 게 머지않아 정신병원의 환자가 될 나라면 불쌍하잖아. 그래서 난 누가 같이 자자고 해도 절대로 몸을 허락하지 않았어. 하이미날이나 LSD도 먹었지만, 위험해지면 집으로 왔어. 엄마가 따뜻하게 돌봐주고 그게 더 좋으니까.

게다가 난 아무리 잘생겨도 주머니에 10엔짜리 동전 열 개 정도밖에 없는 남자애는 싫었거든. 그런데 돈이 있는 사람은 징그러운 아저씨들뿐이고.

난 내가 꾸민 아름다운 무덤이랑 내 몸과 내 목숨을 사줄 젊은 독신 남자에게 내 처녀성을 바치겠다고 줄곧 생각해왔어. 그리고 조건이 또 있어. 그 사람한테 아무리 병을 옮겨도 불쌍하지 않은 사람, 미래의 일 따위 전혀 생각하지 않는 사람, 언제든 함께 죽어줄 사람, 그런 사람을 만나서 이 모든 걸 다 사달라고 하고 싶었어. 그래서 당신 사진을 손에 넣고 나서 계속 소중히 간직하면서 이런 사람을 만나면 좋겠다고 생각했어."

"그래서 내 사진은 어디에서 구한 건데?"

"그걸 또 물어봐? 짜증 나네, 남의 말을 끊고. 당신답지 않아."

또다시 레이코는 사진을 어디서 구했는지에 대해서는

대답을 피했다.

하니오는 그녀의 목에 팔을 두르고 불만스러운 얼굴을 품 안에 끌어안으며 어린애를 타이르듯 말했다.

"잘 들어. 어리석은 꿈에서 깨어나야 해. 당신은 아직 한참 어린애야. 서른 살이나 먹어서 신주쿠의 굶주린 도깨비들* 사이를 돌아다니다가 자기 관념만으로 온 세상을 푸르게 물들이고 좋아해. 물론, 두 평짜리 방이라도 푸른 전구를 켜면 파래지기는 하지. 그뿐이야. 파랗다고 해서 그 방이 바다가 된 건 아냐.

우선, 당신은 병에 걸리지 않았어. 그것부터가 철없는 공상이야.

둘째로, 당신은 결코 미치광이가 되지 않아. 지금 당신이 하는 생각이 이미 유치한 미치광이니까, 미치광이가 다시 미치광이가 되는 일은 결코 불가능해.

셋째로, 미치광이가 될까 봐 두려워서 죽을 필요는 전혀 없어.

넷째로, 당신 목숨을 살 녀석은 한 명도 없어. 나 같은 프로한테 목숨을 사달라고 하면 그건 건방진 거야. 난

* 문맥상 후텐족(일본식 히피족)을 뜻한다.

어디까지나 목숨을 파는 사람이고, 남의 목숨을 사는 건 딱 질색이야. 난 그렇게까지 타락하진 않았어.

 알겠어? 레이코. 난 남의 목숨을 사는 인간, 게다가 그걸 자기 이익을 위해 쓰려는 인간만큼 불행한 사람은 없다고 생각해. 그건 인생의 막장 중 막장이고, 내 손님들은 모두 불쌍한 녀석들이었어. 그런 녀석들이라서 나도 기꺼이 팔려줬지. 당신처럼 서른 살 먹은 어린애한테, 심지어 오늘 밤에 처녀성을 잃고 잘못된 공상으로 인생에 절망한, 사실은 인간의 진정한 막다른 곳에 오지 않은 여자는 내 목숨을 살 자격이 없어."

"누가 당신 목숨을 산다고 했어? 당신한테 목숨을 팔겠다고 했을 뿐이잖아."

"내 말이 이해가 안 가? 난 사는 사람이 아니야. 파는 사람이라고."

"나도 파는 사람이야."

"뭐야, 아마추어 주제에."

"프로인 척 하기는."

"난 멋지게 한탕 해 먹었다고."

하니오는 큰소리쳤다. 그러고는 함께 웃음을 터뜨렸다.

42

 두 사람의 그곳 생활은 이런 식으로 시작되어 일단은 순조롭게 흘러갔다.

 하지만 하니오의 설교는 전혀 효과가 없어서, 레이코는 자기가 병에 걸렸고 얼마 지나지 않아 발광할 거라는 확신을 굽히지 않았다. 게다가 병원에 가서 진찰을 받는 일도 단호히 거부했다.

 "만약에 내가 갑자기 발작으로 미치면 바로 나를 죽이고 당신도 죽어. 알겠지?"라는 말을 입에 달고 살았다.

 하니오는 건성으로 들었지만, 겉보기에 두 사람은 마치 동거를 시작한 연인처럼 하루하루를 보냈다. 함께 영화를 보러 가거나 산책을 갈 때면 하니오는 레이코가 히피처럼 차려입지 못하게 하고, 되도록 단순한 디자인의 젊은 사모님 같은 옷을 입혀 함께 다녔다. 그러자 레이코의 얼굴에서 강렬함이 사라지고, 은은한 기품까지 싹트기 시작했다.

어느 날 저녁 두 사람은 근처에 있는 작은 공원으로 산책을 나갔다. 어제 내린 비와 바람에 흩날려 땅에 깔린 벚꽃을 보러 간 것이다.

전철 선로와 맞닿은 길쭉하고 작은 공원이었는데, 거대한 벚나무 고목이 그네와 유동원목遊動圓木*, 정글짐 사이로 우뚝 서 있었다. 말안장처럼 생긴 건널목을 건너면 바로 공원 입구가 나온다. 오늘은 덥다는 느낌이 들 정도로 맑은 하루였는데, 어제 내린 비로 공원 입구의 땅에는 수많은 벚꽃잎이 박혀 있었다. 낡은 신문지도 비를 맞아 펼쳐진 채로 땅에 파묻혀 있었다.

이상하게도 아이들 소리가 들리지 않았다.

공원은 고요했고 벚꽃이 흩날리는 가운데 정글짐의

---

* 둥글고 굵은 통나무의 양 끝을 쇠사슬로 V자형으로 매달아 앞뒤로 흔들어 타고 노는 기구

은색이 석양을 받아 빛나고 있었다.

두 사람은 벤치에 앉으려다 문득 떨어지는 꽃잎 속에서 의자처럼 생긴 그네를 타는 사람의 희미한 그림자를 발견했다.

그 사람은 아담한 체구에 넥타이를 깔끔하게 맨 노인이었다.

레이코와 함께 벤치에 앉아 어쩐지 낯익은 그 노인의 뒷모습을 보는데, 노인은 왼쪽 호주머니에서 땅콩을 꺼내어, 자글자글한 손으로 한 알씩 집어 입에 넣으며 빈 오른손으로는 손가락 인형을 움직이고 있었다.

손가락 인형은 검지를 인형 머리의 빈 부분에 넣고, 엄지와 중지를 양팔에 넣어 움직이는 꽤 큰 인형이었다. 시중에서 파는 인형은 어린이를 겨냥한 동물이나 만화에 나오는 개구리, 피에로 같은 것들뿐이지만 노인의 인형은 달랐다. 어쩐지 고급스러운 새틴 원단으로 된 붉은 이브닝드레스를 입은 데다, 가슴이 예쁘게 봉긋 올라와 있으면서 얼굴도 마네킹처럼 모던하게 생겼고, 입술에는 립스틱까지 선명하게 칠해져 있었다.

흩날리는 꽃잎 속에서 그 손가락 인형을 머리 위로 치켜들고 끊임없이 땅콩을 씹으면서, 노인은 서툰 손놀림으로 손가락 인형의 손이나 목을 움직이고 있었다. 목을 좌우로 젓기도 하고 끄덕이기도 했다. 노인은 인형이 고개를 끄덕이는 게 좋은지, 한참 동안 고개를 크게 끄덕이게 하고는 만족스러운 듯 땅콩을 먹었다. 그럴 때 인형은 노인에게 깊이 사죄하는 것처럼 보였다.

이런 모습을 본 하니오와 레이코는 대화를 편하게 나눌 수 없어서 가만히 있었다. 그때 굉음을 내며 상하행 전철들이 서로 스쳐 지나갔다.

그 소리에 뒤돌아본 노인은 갑자기 뒤에서 인기척을 느낀 듯했다. 깨끗한 옷깃에 휘감긴, 메마른 뼈만 남은 듯한 목이 부러질 정도로 뒤돌아보더니 하니오와 눈이 마주쳤다.

그 순간 노인은 공포에 찬 눈빛으로 그네에서 일어났다. 그네가 흔들려서 노인은 넘어질 뻔했지만 은색 기둥을 붙잡았다.

"날 미행했군. 그렇게 약속했는데, 역시나 따라왔어."

"오해예요." 하니오는 순식간에 노인의 공포를 이해하고서 말했다. "우연히 만나서 저도 깜짝 놀랐어요."

"그래? 진짜야?"

노인은 손가락 인형을 오른손에 대롱대롱 든 채로 그

네에서 내려와 의심스러운 눈초리를 반짝이며 벤치로 다가왔다. 하지만 하니오 옆에 있던 레이코의 청초한 모습이 분명 노인을 안심시킨 듯했다.

노인은 두 사람 앞에 우뚝 선 채 턱으로 레이코 쪽을 가리키며 말했다.

"이 부인도 손님이야?"

"아뇨, 소개해드리죠. 아내입니다. 결혼해서 이 근처에 살아요."

레이코도 말없이 고개를 숙였다.

"오, 거참 축하하네." 노인도 독기가 빠진 표정으로 말했다. "옆에 앉아도 되겠나?"

"그럼요, 앉으시죠."

벤치에 앉은 노인은 무슨 이야기부터 할지 고민이 되었는지, 손가락 인형을 무릎 위에 놓고 틀니에서 '슈슈' 소리를 냈다.

"틀니로 땅콩처럼 딱딱한 걸 용케도 잘 드시네요."

하니오는 약간의 반가움을 담아 편하게 물었다.

"그게 가능한 특수제작한 틀니를 맞췄어. 숨 쉴 때마다 소리가 나는 게 흠이지만. …보여줄까?"

"네, 고마워요."

노인은 손에서 손가락 인형을 빼고는 안쪽 주머니에 고이 넣더니 입안으로 불쑥 손가락을 넣어 틀니를 빼냈다. 앞니 양쪽으로 송곳니 같은 게 뾰족하게 튀어나와 있었고, 어금니 쪽은 톱니처럼 들쭉날쭉하게 만들어져 있었다.

"꼭 흡혈귀가 쓰는 틀니 같네요."

하니오는 감탄하며 보았다. 틀니 곳곳에 잘게 씹어 부서진 땅콩이 가루처럼 붙어 있었다. 노인은 다시 틀니를 끼우고 말했다.

"이 송곳니로 땅콩을 씹으면 쉽게 부서져." 노인은 설명했다. "그리고 이 어금니는 비프 스테이크를 죽을 때까지 먹을 수 있도록 특별히 맞춘 거야. 어쨌든 이제 먹는 것 말고는 낙이 없는 인생이니까. …그건 그렇고 자네도 착실하게 살게 된 것 같은데?"

"네, 덕분에요."

"놀랍군. 그런 위험한 장사를 하면서 목숨도 잃지 않고 이렇게 능청스레 결혼했다니. 난 말이지…."

노인은 안주머니에서 손가락 인형을 꺼내어 하니오에게 보여주었다.

"아직도 이렇게 루리코랑 함께 지내."

하니오는 손가락 인형을 건네받았지만, 그 푹신하고 알맹이가 없는 듯한 감촉이 흡사 '시체'라는 단어를 떠올리게 해서, 어쩐지 으스스한 마음에 곧바로 노인에게 되돌려주었다. 유심히 살펴보니 인형의 머리는 루리코를 닮은 것 같지도 않았지만, 노인의 손에 건넨 순간 비스듬히 움직였을 때의 그 얼굴이 침대 위의 루리코와 똑 닮아 보여서 하니오는 소름이 끼쳤다.

"안됐군요. 지금은 제가 미우시죠?"

하니오가 말했다.

"아니, 그렇진 않아. 자네한테는 고맙게 생각하고 있네. 루리코는 어차피 죽을 운명이었지만, 죽기 전에 당신을 만난 건 루리코에게는 행운이었어."

레이코가 갑자기 하니오의 허벅지를 세게 꼬집어서 하니오가 벌떡 일어났고, 노인도 깜짝 놀라 덩달아 함께 일어났다.

"뭐야. 놀라게 하지 마. 수명이 줄어들잖아."

노인은 음울한 목소리로 투덜거렸다.

"그래도 그만한 여자가 없었어. 이 석양 속에서 지는 꽃 같은 여자였지. 밝고 화려한 데다 차갑고, 덧없고…. 한 번이라도 자본 남자는 평생 잊을 수가 없어서 죽이고 싶어질 만도 하지. 정말 그럴 만해. 법률 따위 엿이나 먹으라지. 인간이라면 누구나 온갖 죄를 등에 지고서 살아가는 법이야. 딱히 내가 손을 쓴 게 아니고. 천벌이었어. 천벌을 받아 죽은 거지."

노인의 혼잣말은 언제까지고 그칠 기미가 없어서 하니오는 레이코에게 눈짓을 하고 일어났다.

"그럼 실례하겠습니다. 주소는 묻지 않을게요. 제 주소도 알려드릴 필요는 없겠죠. 건강히 지내십시오."

"잠깐 기다려. 잠깐만. 중요한 이야기가 있어."

노인이 일어나 하니오의 스웨터 자락을 붙잡았다.

"목숨을 팔 수 있는 거라고 생각한다면 그건 오산이야. 누군가가 자네를 노리고 있어. 멀리서 감시 중이지. 때가 오면 제거하려 들 걸세. 몸조심하게."

43

하니오는 노인과의 만남이 어쩐지 마음에 걸렸다.

그는 자신의 행동이 어딘가 사슬처럼 이어지고 있다는 사실을 이제껏 믿은 적이 없었다.

그가 목숨을 판 것은 한 번만 할 수 있는 행동이고 강에 꽃다발을 하나씩 버리는 것과 비슷했다. 누가 그 꽃다발을 주워서 어느 집 꽃병에 꽂는 일이 있어서는 안 되었다. 꽃다발은 물결을 타다가 바닥에 가라앉거나, 혹은 바다로 떠내려가야만 했다.

— 그날 밤 침실에서 레이코의 감정은 유난히 섬세했다. 일을 치른 뒤 그녀의 눈에는 맑은 빛이 넘쳤다.

"나, 당신 덕분에 정신 차리고 살 수 있을지도 몰라."

레이코가 그윽한 목소리로 말했다.

"왜? 당신은 여기를 쾌락의 무덤으로 만들 생각이었잖아?"

"응, 처음에는 그랬지. 난 내 목숨을 사줄 남자를 찾고 있었어. 그런데 사람을 가렸지. 난 제멋대로인 데다 눈이 높았을지도 모르지만 당신을 만났으니 소원을 이뤘어.

날 평가해주는 게 돈밖에 없다고 생각한 건 내가 정말 '집이 딸린 여자'였기 때문일지도 몰라. '집도 있고 병도 있는 여자'를 돈으로 사줄 사람이 아니면 싫었어. 정만 주는 사람은 절대 싫었으니까. 난 동정 받고, 그 사람은 공짜로 살고, 공짜로 함께 죽는다니, 그걸 용납할 수가 없어."

"당신은 병에 걸리지 않았다니까."

"날 위로해주는구나."

"위로가 아냐. 사실을 말하는 것뿐이야. 어이없기는."

"그런데 당신한테 병이 옮았다는 걸 알면 당신이 나를 얼마나 원망할지 걱정돼. 그렇게 되기 전이라도 내가 갑자기 미치면, 지금은 상냥한 당신도 그 후로는 얼마나 냉담해질까? 날 두고 도망갈 게 불 보듯 뻔해. 지금뿐이야. 지금 이 순간만큼은, 내가 '정신을 차리고 산다.'는 환상을 가지고 지낼 수 있어. 당신이랑 결혼해서 아이를 가지고, 즐겁고 평범한 생활을 할 수 있을지도 모른다는 꿈을 꾸며 지낼 수 있어. 지금뿐이야. 그런데 난 이제까지 그런 생각을 해본 적이 없었어."

그리고 레이코는 그녀의 '장밋빛 꿈'을 구구절절 이야기했지만 그 평범한 공상이 하니오를 놀라게 했다.

레이코는 행복하고 다정한 아내가 되었다. 아이도 한 명 생겨서 제왕절개를 하게 되었는데, 수술이 무사히 끝나고 옥동자 같은 남자아이가 태어났다. 물론 임신 전부터 그녀는 하이미날과 LSD도 자제했다.

"왜 제왕절개야?"

하니오가 레이코의 말을 끊고 물었다.

"노산이니까 그럴 가능성이 높지 않을까?"

레이코는 태연히 대답했다.

그녀가 만든 쾌락의 무덤은 바야흐로 새로운 가정이 되고 이 다실을 대대적으로 개조한다. 주위에 있는 나무들을 베어내고, 햇빛이 충분히 들도록 남향으로 입구를 크게 내고, 『아라비안나이트』 한정판 대신 육아백과가 놓인다. 하니오는 예전처럼 직장에 나가고, 빈집은 스피

츠가 지킨다. 울창한 정원은 다 없애고 잔디 위에는 그네가 놓이고, 잔디밭 주위는 레이코가 정성들여 가꾸는 화단이 된다. 여름이 다가오면 그녀는 아이를 위해 백화점에서 '개미집'을 사 온다.

이 신제품은 레이코가 최근에 백화점에서 보고 실현 불가능한 꿈속 아이에게 사주고 싶다고 생각한 물건이다. 플라스틱으로 된 작은 칸막이 같은 물건인데 투명한 부분에 하얗고 거친 모래 따위가 채워져 있으며, 지상에는 초록색 플라스틱 재질의 농가나 숲이나 언덕의 경관이 꾸며져 있다. 녹색 틀 양쪽에는 작은 구멍이 뚫려 있어서 거기에 일개미를 몇 마리 넣으면, 밖에서 다 들여다보이는 흰 땅에 구멍을 파서 집을 짓는다. 밖에서 개미집이 다 들여다보인다. 정말이지 아이의 호기심과 탐구심을 만족시키는 장난감이다.

"어때 아가, 재밌지?"

"아바바."

"이것 봐, 벌써 5시야. 저녁 준비해야겠다."

"아바바."

"우리 아가는 혼자 그 동그라미 안에서 놀고 있어. 아빠는 매일 6시 15분에 돌아오니까 이제부터 요리를 해서 찌개가 보글보글 끓는 동안 서둘러 화장하고 아빠를 맞아야지. 알겠지? 혼자 잠깐 얌전히 있어."

"아바바."

— 이런 식으로 레이코의 입을 통해 그려지는 미래의 청사진을, 하니오는 점차 차오르는 혐오를 느끼며 들었다. 그야말로 바퀴벌레의 생활이었다! 신문 지면에 꿈틀거리는 무수한 바퀴벌레의 정체가 바로 이거였다. 바로 이런 걸 피하기 위해, 그가 자살을 택하지 않았던가.

이대로 가면 레이코의 병은 환상에 지나지 않으니, 이 꿈과 똑같은 생활이 현실에서 시작되고 만다. 어떻게 도망치면 좋을까? 합리적이지는 않지만 하니오는 조금씩 레이코의 병을 믿고 싶은 마음이 들었다. 이런 망상을 꿈꾸는 일 자체가 병의 징후라는 식으로.

"근데 이것도 다 헛된 꿈이야. 당신이 너무 건강해서 (이상하게도 하니오는 여자에게 그런 소리를 듣는 일이 종종 있었다) 나도 덩달아 그런 마음이 들었어. 어차피 조만간 내가 미쳐버릴 걸 아니까."

이번에는 하니오도 반대하지 않고 가만히 있었다.

이 작은 쾌락의 무덤 속 깊은 밤도 속세와 완전히 동떨어져 있지만은 않았다. 근처 언덕길 모퉁이에서 울리는 자동차 경적이, 어두컴컴한 바다 같은 봄밤에서 뛰어오르는 날치 지느러미의 반짝임처럼 날카롭게 울렸다. 결코 잠들지 않는 밤이 멀리서 울려 퍼지고 있었다.

'심심하다, 심심하다, 심심해. 무슨 재미있는 일 없을까.' 하고 천만 명이 얼굴을 마주치면 인사 대신 말하는 대도시의 방대한 욕구불만. 거기에 꿈틀거리는, 무수한 플랑크톤 같은 밤의 젊은이들. 인생의 무의미. 열정의 소멸. 기쁨도 즐거움도 추잉검처럼 씹다가 금세 단물이 빠져서 결국 길바닥에 퉤 뱉어버릴 수밖에 없는 허무함….

어떤 무리는 돈이 모든 걸 해결해준다는 생각에 공금을 횡령하기도 한다. 공금이라는 것이 일본 전역에 넘쳐나서 반짝반짝 빛나고 있다. 누구나 손을 뻗으면 닿을 곳에 있으면서 자기가 결코 써서는 안 되는 돈. 모든 것이 이 공금과 비슷하게, 사람을 유혹해놓고 막상 잡으려 하면 그 사람을 곧 범죄자로 만들어 사회에서 매장시킨다. 유혹만 있고 만족은 없는 이 대도시. 이런 지옥이 하니오와 레이코가 있는 쾌락의 무덤 주변에 송곳니를 드러내며 소용돌이치고 있었다.

어쩌면 레이코는 가장 순결하고 가장 마음이 약한 평범한 아가씨여서 자신을 지키기 위해 이렇게 수고로운 방법을 발견했을 뿐인 게 아닐까.

하니오가 이런 생각을 하는데 어느샌가 가정적인 바지런함이 몸에 밴 레이코가 헐렁한 잠옷을 걸치고 침대에서 일어났다.

"술 한잔하고 자지 않을래?"

레이코가 말했다.

"좋지. 뭔가 달콤한 게 좋겠어. 체리 히어링 있었지?"

"응, 나도 그거 마실래."

레이코가 술잔을 꺼내고 방 한구석의 캐비닛에서 술을 따르더니, 검붉은색의 술을 채운 글라스를 은쟁반에 담아 가져왔다.

"건배."

다정한 목소리로, 왠지 '다부지게' 느껴지는 미소를 띠며 레이코가 말했다. 두 사람은 글라스를 들고서 맞부딪치고는 입술로 가져갔다.

그때 레이코의 손이 약간 떨리는 것을 알아챈 하니오는 레이코의 술잔을 빼앗아 은쟁반에 술을 쏟아부었다. 은쟁반이 순식간에 새까맣게 변했다.

하니오는 자기 술잔도 코끝에 잠깐 대보고는 마찬가지로 은쟁반에 쏟았다. 은쟁반은 술 방울이 튄 테두리까지 새까맣게 변했다.

"왜 이런 짓을 해?"

하니오가 레이코의 어깨를 흔들며 소리쳤다.

"알면서 왜 그래. 잘 알잖아. 지금 같이 죽는 게 가장 행복할 거라고 생각했으니까."

레이코는 엎드려 울기 시작했다.

"난 싫어."

살해당하기 직전에 이르자, 하니오는 이제껏 느껴본 적 없는 빠른 맥박을 주체하지 못하며 팔짱을 끼고 단호하게 말했다.

"겁쟁이! 당신은 목숨을 팔아 왔잖아, 이제 와서 왜 이래?"

"그거랑 이건 다르지. 난 당신에게 목숨을 판 기억이 없어. 무엇보다 당신한테 돈을 낸 사람은 나잖아?"

"결국 나랑 죽는 게 싫어서 그러지?"

"말도 안 되는 소리 하면서 징징대지 좀 마. 당신이야말로 '목숨을 파는 여자'답게 더 단호해지지 그래? 어찌 됐건 내 목숨은 내 거야. 내 의지로 내 목숨을 파는 만큼 제대로 된 각오로 팔고 있다고. 남의 의지에 휘둘리다가 나도 모르게 독살당하는 건 딱 질색이야. 사람 잘못 봤어. 난 그런 남자가 아냐."

"그런 남자가 아니면 어떤 남잔데?"

그 말을 들은 하니오는 순간 말문이 막혔다.

하기야, 듣고 보니 '그런 남자'가 아닌 자신이 대체 '어떤 남자'인지 잘 모르겠다. 지금 자기가 씩씩대며 한 말이 갑자기 풍선처럼 공중으로 둥둥 떠올랐다. 이런 말이 자신의 입에서 나오다니, 도저히 믿을 수 없다. 논리적으로 한 말 같지만, 생각해보면 어딘가 이상했다. 이유야 어찌됐든 지금 그는 '아무튼 죽기 싫다'라고 큰소리친 셈이다.

이건 어쩌면 자신에 대한 배신이 아닐까. 목숨을 팔든, 모르는 사이에 누가 자기를 죽이든 죽는 것은 다르지 않다. '내 의지로' 같은 거창한 소리를 했지만, 애당초 '목숨을 팝니다' 장사를 시작한 건 자살에 실패해서 타의로 죽을 기회와 방법을 찾았던 것 아닌가. 애당초 돈이 필요해서 시작한 장사가 아닌데, 의뢰인들 모두가 돈을 떠안기고 갔다. …그렇다면 레이코가 하려던 것처럼 자기도 모르게 누군가의 손에 죽는 것이야말로 자기가 가장 바랐던 상황이며, 이러한 죽음을 마련해준 레이코는 그에게 가장 어울리는, 다정하면서도 친절하고 선의가 넘치는 여자 아닐까….

 이러한 반성이 그의 머리를 종횡무진하며 스쳐지나갔다. 하지만 공포 때문이라 여기고 싶지는 않은 심장의 고동으로 가슴이 여전히 쿵쾅거려서 하니오는 계속 허세를 부려야만 함을 자각했다.

44

 그날 밤은 그렇게 끝났지만, 이를 계기로 레이코와의 관계는 몹시 성가셔졌다.

 그는 그녀가 주는 모든 음식물에 경계심을 가져야 했고, 레이코도 "여기는 독 안 들어 있어. 내가 맛볼 테니까 그러고 나서 먹어." 같은 소리를 농담조로 하면서 하니오가 도망갈까 봐 철저히 경계하기 시작했다.

 그런 농담을 할 때 레이코의 눈에는 진짜 독기가 서려 있었다. 그녀는 두 번 다시 다정하고 어린애 같은 이야기를 하는 일이 없었고, 말끝마다 경멸을 섞기 시작했다.

 "목숨을 소중히, 아주 소중히 여기는 분이니 감기라도

걸리면 큰일 나요."

"꼭 장수하셔야죠."

"진짜 우리 스피츠 기를까요? 당신만 있어서는 불안하니까. 위험한 상황이 되면 자기 혼자 도망칠 것 같은 기사님."

"삼시 세끼 식사에도 신경을 쓰시니 힘드시지요? 밥에 영양제라도 섞어드릴까요?"

— 하니오가 가는 곳이면 어디든 레이코가 따라왔고, 레이코는 자기가 가고 싶은 곳에도 반드시 하니오를 끌고 갔다.

레이코의 복장은 전보다도 더 후텐족 같아졌고, 수면제도 다시 남용하기 시작했다. 줄기차게 희한한 디자인을 발명하기도 해서, 그녀는 초롱불에서 힌트를 얻어 몸 주위가 초롱불처럼 부푼 종이 드레스를 만들고는 하니오와 함께 고고장*에 춤을 추러 갔다. 분위기가 달아오르면, "난 초롱불이야. 안에는 불밖에 없어. 찢어! 찢어줘!"라고 외치며 남자들에게 그 드레스를 찢게 하고, 새빨간

---

* 지금의 나이트클럽. 1960년대 후반 미국을 중심으로 빠르고 격렬한 'go-go' 음악이 유행하면서 이렇게 불렸다.

슬립만 입은 채 미친 듯이 춤을 추었다.

약에 취해 해롱거릴 때면 하니오는 도망갈 기회를 노렸지만 오히려 눈치가 더 빨라지는지, 레이코는 "어디가?"라고 하면서 곧바로 앞을 가로막았다. 화장실에 들어가도 문 앞에서 기다렸다.

전에 약 덕분에 예감이나 예언을 할 수 있다고 말했던 레이코는 하니오의 얼굴을 보면 이렇게 이야기했다. "당신, 오늘 밤에는 꼭 도망가야겠다고 생각하지? 난 절대 놓치지 않아. 언제든 도망갈 수 있게 예금 통장을 복대에 꿰매두고서 자는 동안에도 풀지 않는 걸 잘 아니까. 뭐야, 자기 목숨만 소중한 겁쟁이. 수전노. 도망가려고 하면 죽일 테니까, 도망가지 않아야 더 오래 살 수 있을 거야. 어때? 난 이제 드디어 미쳤거든. 미치광이라는 게 이렇게 즐거운 줄은 몰랐네. 이럴 줄 알았으면 더 빨리 미치는 건데."

그렇게 고고 소음 속에서 춤을 추면서 계속해서 고함을 질러댔다.

어느 날 밤, 레이코가 갑자기 배가 아프다며 화장실에 가자고 해서 어쩔 수 없이 따라갔다. 그런데 다른 여자 손님이 소란을 피우며 지배인에게 도움을 청했고, 하니오는 지배인에게 끌려 나왔다.

지금이야말로 마지막 기회다!

하니오는 밤의 거리로 쏜살같이 뛰쳐나갔다.

되도록 복잡한 길을 지나서, 그는 최대한 다른 사람이 생각지도 못할 방향으로 계속 걸었다. 너무 뛰면 사람들이 수상하게 생각할 것이다. 게다가 택시도 별로 없을 시간이라 깐깐한 운전사와 실랑이하는 시간도 두려우니, 한시도 쉬지 않고 계속 걷는 수밖에 없었다.

매 순간 위험이 도사리고 있었다.

어쨌든 최대한 길을 많이 돌아 복잡한 주택가로 들어가고, 네온사인이 넘쳐나는 골목골목을 지나 시궁쥐의 사체를 밟고, 소매를 끌어당기는 거리의 창녀들을 뿌리치며 '이제 안심해도 되겠다.' 싶은 곳까지 가고 싶었다.

걷다 보니 어둡고 허름한 주택가가 나왔고, 고요히 잠든 집들이 고가철도의 선로 아래 낮은 처마를 나란히 하고 있는 구역에 이르렀다. 강둑을 따라 쓰레기 더미가 있었고, 비포장도로인 데다 공사 후에 남은 돌멩이들이 가로등이 거의 없는 어둠 속을 잔뜩 굴러다니고 있었다.

이제껏 정신없이 걷느라 몰랐던 땀이 밴 이마를 손수건으로 닦으며, 걸음을 약간 늦춰 골목길로 들어가려던 하니오는 등 뒤로 살며시 다가오는 사람의 발소리를 들었다. 발소리는 하니오가 걷기 시작하면 나고, 하니오가 걸음을 멈추면 멈췄다.

45

 뒤돌아보아도 사람의 그림자는 없었지만, 걷기 시작하면 다시 발소리가 슬며시 따라왔다.
 자기 발소리가 울리는 건가 싶어 하니오는 생각을 고쳐먹고 다시 신경 쓰지 않으려 했다. 조금만 있으면 밝은 거리가 나오겠다 싶은 지점에서, 지금까지는 어두운 곳만 골라 걸었지만 한시라도 빨리 밝은 데로 나가고 싶어서 발걸음을 서둘렀을 때, 문득 허벅지가 따끔한 느낌을 받았다.
 이런 계절에 모기에 물렸을 리는 없다. 하지만 통증은 순식간에 가셨고 계속 걷다가 마침내 밝은 큰길이 나와서 마음이 놓였다.

물론 가게는 모두 닫혀 있었다. 은방울꽃 모양의 밝은 등불이 간판과 진열창을 덧없이 빛내고, 자동차들이 시끄럽게 오가는 평범한 거리였다.

하니오는 도로 건너편에 있는 한 골목 입구에서 '숙박 800엔, 휴식 300엔'이라고 적힌 불이 켜진 간판을 발견하고, 주위에 인적이 없는 것을 확인하고 나서 길을 건너 다시 한번 주위를 살핀 후 골목으로 들어갔다.

게이코관惠光館이라는 이 작은 여관은 여자와 함께 가는 싸구려 여관이 분명해 보였지만, 왜 여기에 덩그러니 여관이 있는지 알 수 없었다.

현관에 달린 등도 어스름하고, 형체조차 덧없어 보이는 날벌레가 그 둥근 전등에 들러붙어 있었다. 유리문을 열자 계산대고 뭐고 아무것도 없고 '아무도 없으면 이 벨을 눌러 주십시오.'라고 적힌 종이 아래로 노랗고 금이 간 벨이 있었다. 하니오는 그 벨을 눌렀다.

안쪽에서 벨소리가 조용히 울렸다. 이윽고 무언가에 발이 걸려 물건을 떨어뜨리는 소리가 들렸다. '아야야.' 하는 목소리가 났고, 잠시 기침이 이어지더니 왜소한 체구의 한 노파가 나타났다.

"네. 여기서 주무시나요?"

노파는 눈을 치뜨고 노려보며 말했다.

"그렇습니다. 방 있어요?"

어차피 빈방이 넘쳐날 거라고 생각하면서, 하니오는 예의상 그렇게 물었다.

"그런데 좋은 방은 이미 다 나가고 없어요. 경기는 안 좋아도 제 장사만큼은 경기가 좋아서요. 저희 집엔 냉방도 뭣도 없는데 한여름에도 손님들이 아주 많이 찾아주시거든요. 좀 구석진 데 있어서 오히려 드나들기 편한 점도 있겠죠. 전당포랑 마찬가지로요."

이야기를 듣던 중 하니오는 직감적으로 여기는 다른 방을 엿보기 위해 오는 여관임을 알아차렸다. 괜히 '좋은 방'을 달라고 말했다가는 5000엔을 요구하며 바가지를 씌우고, 작은 엿보기 구멍이 있는 방으로 안내할 게 분명했다. 그런 점에서 노파의 말은 참으로 교묘했다. 냉방이 없어도 여름에 손님이 끊이지 않는다는 말로 간접적으로 이 집의 특별 서비스를 암시하다니, 정말 대단하다.

하지만 하니오가 쌀쌀맞게 "아뇨, 안 좋은 방도 괜찮아요. 1박에 800엔이죠?"라고 말하자 노파의 얼굴이 갑자기 문을 닫은 듯 근엄해졌다.

그리고 하니오를 2층 안쪽에 있는 길쭉하고 작은 창고 같은 방으로 안내하더니 800엔을 받고는, "이불은 벽장 안에 있으니 자고 싶으면 알아서 깔고 주무세요."라고 말한 뒤 삐걱대는 소리를 내며 계단을 내려갔다. 차 한 잔을 내올 기미도 없었다.

하니오는 몹시 피곤했기에 당장 눕고 싶으니 이부자리를 깔아달라고 말하려다가, 자기를 노려보기만 할 거라는 생각에 그만두었다.

집 안에까지 자동차가 돌아다니는 듯한 울림이 작고 기다란 방을 흔들었다. 그 소리는 도시의 밤이 물결치는 소리였다. 복도 건너편에서 여자의 비명이 들렸다. 그러나 비명 뒤에 실낱같은 탄성이 이어져서 하니오는 신경 쓰지 않기로 했다. 어렴풋이 변소 냄새가 났다.

이 천장 너머로 스모그에 휩싸인 밤하늘이 있다고 생각하자, 하니오는 팔베개를 하고서 빗물 자국이 있는 천장을 올려다보며 신이 만든 장치를 느꼈다. 샹들리에가 반짝이는 대회의실의 천장 너머에도, 이렇게 쥐구멍 같은 여관 천장 너머에도 똑같이 웅장한 밤하늘이 있다. 이 밤하늘 아래에서 비참함이나 고독은 행복이나 성공과 마찬가지였다. 하나만 걷어내면 어디에서든 다 똑같은 밤하늘이 보인다. 그러니 그의 인생이 지닌 무의미함은 그 밤하늘로 똑바로 이어져 있었다. 하니오는 이 싸구려 여인숙에 몸을 숨긴 '어린 왕자'일지도 모른다.

서늘하고 축축한 이불을 끌어내서 아무렇게나 깐 하니오는 귀찮아서 그대로 자려고 하다가 갑갑한 느낌에 바지를 거칠게 벗었다. 그러자 허벅지에 통증이 느껴졌다. 작은 가시가 바지를 뚫고 허벅지에 박혀 있었던 모양이다. 가시를 찾아보았지만 찾을 수가 없었다. 전등 불빛 아래에서 자세히 살펴보니, 부러진 가시가 피부에 점처럼 박혀있어서 피는 나지 않았지만 살짝 욱신거렸다.

자려고 했지만 잠이 오지 않았다. 레이코가 떠올랐다. 그녀가 자신을 물끄러미 쳐다보면서 '개미집'에 손가락을 쑤셔 넣고 개미 두세 마리를 집어 올려 자신의 얼굴에 뿌리는 환상에 휩싸였다. 그러다 허벅지에 묵직한 통증이 느껴졌고, 열이 나는지 허벅지 전체가 뜨겁고 무거워져서 더욱더 잠이 오지 않았다.

46

이른 아침 그는 게이코관을 나와 문을 일찍 여는 약국을 찾아 아픈 다리를 끌고 걸었다. 문을 연 약국이 쌀쌀맞게 응대해서 상처를 보여주지도 않고 연고와 항생제를 받아 근처 찻집으로 가서 직접 재빨리 처치했다. 그러자 마음만이라도 어느 정도 가벼워졌다.

이제 이렇게 된 이상 큰 호텔에서 거드름을 피우며 생활하는 편이 추적을 피하기에는 더 좋을지도 모른다는 생각이 들었다. 그는 어딘가로 가서 최대한 고급스러운 기성복과 여행 가방을 사자고 결심했다. 그러려면 우선 은행이 문을 열 때까지 기다려야만 했다.

― K호텔에 방을 잡고 들어간 것은 정오에 가까운 시간이었다.

전망이 좋은 방이었고, 폭신한 더블 침대 위에서 어젯밤의 수면 부족을 보충하려 누웠다. 다리의 통증은 어느 정도 가벼워진 것 같았지만, 밝은 데서 약을 다시 바르려고 창가의 햇빛 아래서 발을 살펴보았다.

아름다운 5월의 낮이었다. 구름은 고속도로 위로 평온하게 흩어져 있고, 미니카처럼 보이는 무수한 자동차들이 고속도로를 질서정연하게 달리고 있었다. 모든 것이 객관적으로 명확히 보였다. 애당초 자신이 쫓기고 있다는 느낌은 레이코의 영향으로 생긴 하찮은 망상 탓이라는 생각이 들었다.

그때 기억 하나가 되살아나서 그의 마음을 옭아맸다. '레이코는 사진으로 내 얼굴을 봤다고 했지. 어디에서 어떤 루트로 내 사진이 유포되었을까?'

하지만 영문을 알지 못하는 일에 마음이 어수선해지는 건 목숨이 아깝다는 증거였다. 목숨이 아깝지 않다면 불안의 씨앗은 없을 것이다. 자신의 의지가 아닌 죽음을 거부하는 것은 목숨이 아까운 것과는 별개의 문제일 것이다.

밝고 고요한 빛 속에서 하니오는 바지를 벗고 자신의 허벅지를 유심히 살펴보았다. 바른 약을 닦아내고 남아 있는 가시에 빛을 비춰보았다.

가시라고 하기에는 묘하게 반듯한 모양이었다. 검은색도 나무 재질의 거무스르함이 아니라 철사 조각 같았고, 어젯밤에 봤을 때보다 방추형인 데다 두께가 있었다. 꽤 깊숙이 박혀 있는 것 같았다. 이러면 곪을 수도 있겠다.

아무리 생각해봐도 어디에서 이런 일을 당했는지 모르겠다. 따라오는 발소리를 피해 쓰레기통에 몸을 붙인 적도 있는데, 그때 못에 찔리기라도 한 걸까? 아니, 가시에 찔린 건 분명 한창 걷는 도중이었다. 그냥 걷고 있는데 가시에 찔린다는 것은 이상한 일이다. 잘 생각해보면 가시에 찔렸을 때 날개가 바람을 가르는 듯한, 슛 하는 소리를 들었던 것 같다. 하지만 그것도 착각일지 모른다.

갑자기 하니오는 혼자 웃기 시작했다.

이렇게 전전긍긍한다는 건 이미 자신이 불안에 사로잡혀 있다는 뜻이다. 흡혈귀 여인이 매일 피를 빨아도 조금도 불안을 느끼지 않았던 자신이!

생각해보면 산다는 게 곧 불안인데, 그는 이 감각을 꽤 오랫동안 잊고 있었던 것 같다. 이게 바로 어느새 하니오가 '생'을 회복했다는 징표 아닐까?

'상처가 덧나면 병원에 가면 돼. 그뿐이야.'

그렇게 생각하고는 다시 약을 바르고서 항생제를 먹고 곧 기분 좋은 잠에 빠졌다.

눈을 떴을 때는 주위가 어두웠다. 배가 고파서 식당에 내려갈까 했지만 남들 눈에 띌까 봐 그만두었다. 자신이 무언가를 두려워하고 있는 건 분명했지만, 남들 눈앞에서 남의 시선을 지나치게 신경 쓰는 자신의 모습을 자각하면 그 두려움이 더욱 확실해질까 봐 무서웠다. 두려워하지 말고, 당당히 자기 의지로 방에서 식사를 하면 될 일이다. 누구도 신경 쓸 필요가 없다. 돈은 아직 충분히 있었다.

룸서비스로 안심 스테이크와 월도프 샐러드, 작은 와인 한 병을 주문했다. 왜건을 삐걱거리며 들어오는 남자 종업원을 보자 하니오는 그의 얼굴을 슬쩍 살피지 않을 수 없었다.

여드름을 열심히 짠 흔적이 있는 건방진 표정의 키 큰 종업원이었다. 이 사람도 어느 조직과 연결고리가 없으란 법은 어디에도 없다. 인간은 모두 어떤 조직에 속해 있고, 절대 고독에 빠진 인간을 죽일 계략을 꾸민다.

식사는 맛있었고 포도주도 맛있었지만, 텔레비전을 보면서 긴 밤을 보낸 하니오는 좀처럼 잠이 오지 않아 괴로웠다. 오후에 선잠을 잔 것이 탈이었다. 텔레비전 방송이 끝나고 회색빛으로 번쩍거리는 브라운관을 보면서, 그는 거기서 갑자기 루리코나 레이코나 흡혈귀 부인의 얼굴이 나타나 그에게 말을 거는 듯한 기분이 들었다. 하지만 화면은 여전히 반짝이는 모래사막의 한구석을 계속해서 비추고 있었다.

 오전 2시쯤 겨우 하품이 나왔다.

 그 하품에 침대에 눕자고 결심하고 세면대 쪽으로 걸어가는데 조심스러운 노크 소리가 들렸다.

 하니오는 순간적으로 '어라, 손님인가?' 하고 생각했지만, 여기까지 목숨을 사러 오는 손님이 있을 리 없다. 무엇보다 광고는 한참 전에 접었고, 하니오가 가명을 써서 묵고 있는 이 거처를 아는 이는 아무도 없을 터였다.

 그렇다면 누구일까.

 누군가가 문을 다시 두드렸다, 이번에는 좀 더 세게.

 하니오는 큰맘 먹고 문을 벌컥 열었다.

 복도에 비옷을 입고 중절모를 쓴 남자가 서 있었다.

 "누구십니까?"

하니오가 물었다.

"다나카 씨 되십니까?"

남자가 물었다. 굵직하고 끈덕진 목소리였다.

"아뇨, 아닙니다."

"그렇군요. 실례했습니다."

그런데 말투가 무미건조해서 전혀 사과하는 느낌이 아니었다. 그대로 몸을 획 돌려 복도를 떠나는 모습을 보며 문을 닫자, 하니오는 가슴이 쿵쾅거리기 시작했다.

'저런 걸 물어보고 저렇게 돌아가는 걸 보면 보통 사람이 아냐. 기어이 날 찾아냈군. 내일은 다른 호텔로 옮겨야겠어.'

그렇게 생각하면서 문 잠금장치를 하고 잘 준비를 하는데 도저히 잠이 오지 않았다.

다리의 통증은 엷어진 듯했지만 조금 전 그 남자가 아직도 바깥을 어슬렁거리는 듯한 기분이 들었다. 목숨을 팔 때는 아무런 공포도 느끼지 않았는데, 이제는 마치 고양이를 안고 자는 것처럼 따뜻한 털북숭이 공포가 그의 가슴에 들러붙어 발톱을 단단히 곤두세우고 있었다.

47

 이튿날 아침 일찍 하니오는 그 호텔에서 체크아웃을 하고, 텅 빈 가방을 들고서 또 다른 큰 호텔로 가서 방을 빌려 몸을 숨겼다.

 밖에 나가서 돌아다닐 기분이 들지 않았기에 하루 종일 빈둥빈둥 텔레비전을 보며 지냈다. 몸을 거의 움직이지 않다 보니 식욕도 없었다.

 밤이 깊어지고 호텔이 조용해질수록 마음에 짙은 불안이 깔리기 시작했다. 이곳을 벗어나고 싶은 마음은 들지만, 도망가면 도망가는 대로 또다시 그 불분명한 발소리가 따라올 게 뻔하다는 느낌이 들었다.

무언가를 기다리는 마음 또한 하니오가 오래도록 맛보지 못한 것이었다. 목숨을 사러 오는 손님을 기다리는 동안 그는 시간과 인생을 내버려두고 지냈기에 귀찮은 일 하나 없었다. 하지만 뭔지도 모르는 것을 연인처럼 기다리는 지금의 이 마음은, 그가 미래라는 것을 처음으로 무거운 실체가 있는 것으로 느끼게 했다.

새벽 2시. 복도는 마치 병원의 시체 안치실로 이어지는 통로 같았다. 문을 살짝 열어 밖을 내다보고 그는 인기척이 전혀 없는 것을 확인했다. 후방 엘리베이터 앞에 놓인 빨간 가죽 의자만이 전등 빛을 받아 어렴풋이 빛나고 있었다.

새벽 2시 반, 아니나 다를까 문을 노크하는 소리가 들렸다. 하니오가 문을 열지 않자 또 한 차례 두드렸다.

하니오는 몇 번을 주저하다가 끝내 문을 열어버렸다.

그곳에는 어젯밤과는 다른, 줄무늬 양복을 입은 땅딸막한 남자가 서 있었다.

"누구시죠?"

"당신이 우에노 씨입니까?"

"아닙니다."

"이런, 실례했습니다."

남자는 정중하게 고개를 숙이고 유유히 엘리베이터 쪽으로 떠나갔다.

문을 닫아걸고 침대로 돌아온 하니오의 가슴은 요동쳤다.

그때 허벅지에 희미한 통증이 느껴졌다. 하니오의 머리에 영감이 번뜩였다.

'그렇군. 제길. 그래, 이거였어.'

전등불 아래에서 상처를 찾아 약을 서둘러 닦은 뒤 손가락을 대보고, 다시 몸을 굽혀 귀를 대보았다. 있는 듯 없는 듯한 진동이, 그 검은 가시 조각에서 느껴졌다. 정교하고 가느다란 트랜시버*가 허벅지에 박힌 것이었다. 이게 있으니 어디로 도망치건 행방을 알아낼 수 있었던 것이다.

서둘러 손톱으로 빼내려 했지만 피부 속 깊이 파고들어서 빼낼 수가 없었다. 그러는 동안 이성이 조금씩 되돌아왔다.

'그렇지. 지금 무리해서 빼내봤자 소용없어. 내가 이 호텔에 머무는 건 이미 수신했고, 적이 그걸 확인하러

* 송수신기

온 게 확실해. 내일 아침에 이 호텔을 나가면서 빼내고, 그러고 나서 자취를 감추자. 빼낸 다음에는 어쨌든 병원에 가야지. 의사에게 빼달라고 했다가 수상한 사람으로 보이느니, 내가 빼낸 다음에 처치를 받는 게 낫겠어.'

그렇게 결심하고서 푹 자고 일어난 하니오는, 이튿날 아침 룸서비스로 식사를 주문했다. 보통 나이프로는 빼내기 힘들어 보였기에 먹고 싶지도 않은 모닝 스테이크를 시켜서, 잘 드는 고기용 나이프를 성냥불로 지지고는 자기 허벅지에 가져다 댔다.

살을 한 차례 도려내고 까뒤집자 피가 뿜어져 나오면서 가는 철사가 함께 밀려 나왔다.

48

 의사는 하니오의 허벅지 상처를 보더니 얼굴을 찌푸렸다. 차가운 느낌의 콧날을 가진, 자신만만해 보이는 젊은 외과 의사였다.
 "대체 이게 무슨 상처죠? 칼날로 도려낸 듯한 상처군요. 싸우다 이렇게 된 거라면 경찰에 신고해야 해요."
 "맞아요. 도려냈어요. 그런데 제가 그런 겁니다."
 "뭐라고요?"
 "녹슨 못에 찔려서요. 파상풍에 걸리면 큰일이겠다 싶었거든요."
 "전문가도 아니면서 쓸데없는 걱정을 했군요."

의사는 더 이상 아무것도 묻지 않았다. 봉합 준비를 하고 국소마취 주사를 놓았다. 주사는 몹시 아팠지만 하니오는 이제 자기가 있는 이 작은 병원의 위치가 '그들'에게 알려지지 않을 거라는 생각만 해도 이루 말할 수 없는 안도감을 느꼈다. 하얀 벽과 메스가 진열된 선반, 소독약이 들어 있는 둥근 통 등 어디 하나 가정적인 분위기는 없었지만 자신이 있는 곳을 들키지 않는다는 것만큼 깊은 안도감을 주는 것은 없음을 깨달았다.

하니오는 눈을 감았다. 이제 통증은 없고, 자기가 입고 있는 가죽 바지가 누덕누덕 기워지는 느낌이 들었다.

— 일주일 후에 실밥을 뽑으러 다시 오라는 말을 듣고 그곳을 나온 하니오는 두 번 다시 이 병원에는 오지 않으리라 생각했다. 실밥을 뽑는 일이라면 어느 지역이든 외과로 가면 해줄 것이다. 밝은 햇살 속에서 하니오는 요즘 생긴 버릇인지 미행을 경계하면서 벽에 바싹 붙어 걸었고, 특히 길모퉁이에서는 더욱 주의하며 걸었다.

'이제 어디로 갈까.'

도쿄를 떠나 도망치는 게 가장 나아 보였다. 그 동기가 무엇인지 이제 스스로에게 거짓말을 할 필요는 없었다. 그것은 명백한 '죽음의 공포' 그 자체였다.

49

 자신조차 어디로 갈지 모른다는 것만큼 안전한 것은 없다.

 마취가 풀린 아픈 다리를 끌고 이케부쿠로까지 간 그는 S백화점에서 매장 곳곳을 둘러보았다. 여름 신사복, 셔츠, 냉장고, 발, 부채, 냉방장치, 모든 것이 곧 다가올 여름을 겨냥하며 아직 장마철에 접어들지도 않은 지금의 이 계절을 앞서 나가 있었다. 무수한 상품들이 자신이 들어갈 작은 집들, 작은 가족을 암시했다. 그는 그 생각을 하면 숨이 막힐 것 같았다. 사람들은 왜 그렇게 살고 싶어 할까? 죽음의 위험에 노출되지 않은 인간이 살고 싶다고 느끼는 건 부자연스러운 감정이 아닐까? 살고 싶다는 생각을 해도 이상하지 않은 사람은 자기 같은 사람뿐일 것이다.

그는 목적지도 없이 세이부선을 타고 교외 들판의 풍경에 푹 빠졌다. 승객들이 모두 하니오를 알면서도 모르는 척 시치미를 떼는 듯한 섬뜩한 느낌이 있었다. 손잡이에 매달려 있는 운동권 분위기의 대학생도, 그 옆에 있는 고전적인 일본 미인인 교복 차림의 여학생도, 군대 하사관 출신일 것 같은 타입인 각진 어깨의 중년 남성도, 모두 하니오를 언뜻 쳐다보는 눈빛이 파출소 앞에 붙은 수배 중인 살인범의 사진을 보는 듯한 느낌이다.

'여기에 그 남자가 있다. 지금은 모른 척하고 다음 역에 내려서 역무원한테 말해야지.'

그들은 어쩐지 하니오의 얼굴에서 '사회생활의 적'이라는 그림자를 발견한 듯했다.

차내 사람들의 체취가 뒤섞인 5월의 뜨뜻미지근한 공기는 오랜만에 '사회생활'이라는 것의 견딜 수 없는 냄새를 느끼게 했다. 그는 분명 살고 싶다고 생각하고 있다. 그런데 그 사회에서 한 번 이탈한 사람이 또다시 그 악취 구덩이 속으로 돌아갈 용기를 낼 수 있을까? 사회에서는 그 누구도 자신의 냄새를 의식하지 못하기에 원활하게 돌아가는 것이다. 일주일이나 빨지 않은 대학생의 양말 냄새, 여학생의 달콤한 암내, 그리고 지독하고 염세적인 특유의 '처녀 냄새', 중년 남성의 찌든 굴뚝 같은 냄새…. 사람들은 얼마나 거리낌 없이 자기 냄새를 풍기고 있는가? 하니오는 자신을 무미 무취한 인간이라고 짐작했지만, 진짜로 그런지에 대해서는 자신이 없었다.

종점인 한노飯能까지 가는 차표를 사두었기에 어디든 마음 내키는 데서 내려도 상관없었지만, 문득 또 미행하는 사람이 있을까 봐 신경이 쓰였다. 갑자기 어느 역에서 내리는 시늉을 하면 황급히 뒤따라 내리는 사람이 있을지도 모른다는 생각에, 전철이 출발하기 직전에 문 쪽으로 달려갔다.

내리지 않고 그대로 가만히 있었더니, 여우처럼 수염을 기른 깡마른 남자가 그와 함께 서둘러 내리려다가 그가 갑자기 멈춰서는 바람에 내리지 못하고 코앞에서 문이 닫혔다. 그 남자가 다음 역에 이를 때까지 하니오를 빤히 노려보아서 곤란했지만, 상대가 이렇게 확실한 적의를 품고 노려보는 편이 오히려 가장 편안했다.

한노에서 내리자 함께 내린 승객들은 모두 흩어져서,

하니오는 안심하고 한산한 역 앞 광장으로 나갔다. 하이킹 코스가 그려진 커다란 지도가 눈에 들어왔다. 하지만 너무 피곤해서 이제 걷기는 싫었다.

역 앞에 누추한 여관이 있어서 그곳 현관 앞으로 갔다. 여관 주인은 하니오의 단정한 옷차림을 보고는 바로 안쪽으로 안내했다.

2층 방에서 하니오는 도코노마 옆의 둥근 창문을 열고 해 질 녘까지 계속 하늘을 보며 시간을 보냈다. 한노는 평탄하고 정말 살풍경한 동네였다. 푸른 하늘이 고요히 색을 잃다가 저녁이 되었다. 그때 처마에서 내려오는 거미 한 마리가 눈에 띄었다.

거미는 석양을 받아 반짝이는 줄에 매달려 하니오의 눈앞으로 내려왔다.

작고 윤곽도 명료하지 않은, 검은 털실을 뭉쳐놓은 듯한 거미가 낚싯줄 같은 줄 끝에 매달려 있었다. 하니오는 싫어도 그 모습에서 눈을 뗄 수 없었다. 그러자 거미는 '이제부터 서커스를 보여드리겠습니다.'라는 느낌으로 몸에 힘을 주고는 거미줄을 진자처럼 흔들기 시작했다.

'웃기는 짓 하지 마.'

하니오는 멍하니 생각했다. 그러는 사이에 진자의 진

폭이 점점 더 커지고, 거미의 크기도 순식간에 더 커졌다. 거미의 모양이 변하는가 싶더니 날카로운 도끼가 되었다. 거미줄도 은색으로 빛나는 굵은 밧줄로 변했고, 바람을 가르는 소리를 내면서 칼날을 하얗게 번뜩이며 하니오의 얼굴을 덮쳐왔다.

하니오는 얼굴을 두 손으로 감싼 채 뒤로 벌렁 나자빠졌다. 정신이 들고 보니 둥근 창에는 거미의 모습이 보이지 않고, 둥근 창 한가운데에 초승달이 어슴푸레 떠 있었다. 이 초승달이 도끼날처럼 보였던 건지도 모른다.

'내 머리마저 이상해진 게 아닐까?'

그렇게 생각한 순간 레이코의 병이 떠올라, 하니오는 소름이 끼쳤다.

50

하지만 그 이후로는 아무 일도 없었다.

자기가 살기 시작한 지역이 어떤 곳인지 알아야겠다는 생각에 하니오는 산책에 나섰지만, 동네에는 볼 만한 게 아무것도 없었다. 욕조를 만드는 가게나 싸구려 과자 가게 따위가 구획 정리가 지나치게 잘 된 넓은 도로를 따라 긴 차양을 내민 구역이 있는가 하면, 신사神社의 울타리에 둘러싸인 변변찮은 주택이 끝없이 이어지는 구역도 있었다. 아주 무기력한 사람들이 사는 마을처럼 보였지만, 그 모습에 오히려 마음이 놓였다.

어느 날 저녁 유난히 인기척이 없는 길을 산책하다가,

말안장처럼 봉긋 솟아올라 있는 작은 건널목을 향해 걷는데 불현듯 트럭 한 대가 건널목을 지나 후진해왔다.

건널목 위를 지날 때 그 트럭은 자신을 위협하는 것처럼 거대해 보였다. 하니오는 오히려 경외심을 가지고 그 트럭을 지켜보았는데, 먼지가 잔뜩 낀 어스름한 저녁 하늘 아래에서 그 트럭의 윤곽은 한순간 야만족이 쓰는 커다란 투구처럼 보였다.

건널목을 지나 한 차례 덜컹인 트럭이 넓고 텅 빈 길 위에 있던 하니오를 향해 곧장 다가와서, 하니오는 악몽에 사로잡힌 기분으로 홱 비켜섰다. 길 반대편으로 도망치자 다시 그쪽을 향해 왔다. 이 근처에는 뛰어 들어가서 도움을 청할 만한 상점도 없었고, 나무로 된 무표정한 울타리나 허름한 널빤지로 된 담장이 이어져 있었다. 왼쪽으로 도망치면 왼쪽으로, 오른쪽으로 도망치면 오른쪽으로, 마치 재미 삼아 인간 사냥을 한다는 듯 트럭이 쫓아왔다. 앞 유리에는 그곳에만 저녁 하늘을 갖다 붙인 것처럼 어렴풋이 구름이 비치고 있어서 운전사의 얼굴은 알 수 없었다.

차 번호를 읽을 여유도 없이, 하니오는 좁은 골목으로 도망쳐 들어왔다. '설마하니 트럭이 들어오지는 않겠지.'

라고 생각했는데, 트럭은 속도를 줄이며 서서히 골목 안으로 들어왔다.

하니오의 뒤에는 문이 굳건히 닫힌, 낡은 돌기둥이 있는 대문이 있을 뿐이었다. 트럭은 바로 그의 코앞까지 다가온 뒤 갑자기 기어를 후진으로 바꾸고는 검은 쇠로 된 거친 파도가 물러나듯 그 골목을 빠져나갔다.

한동안 격렬한 심장 박동을 느낀 하니오는 그곳에 주저앉아버렸다. 흡혈귀와 산책하다가 빈혈로 쓰러졌을 때는 뭐라 표현할 수 없는 기분 좋은 상실감을 느꼈었는데, 지금 느낀 공포는 이제껏 맛본 적이 없는 것이었다.

51

하니오는 여관으로 돌아가 맛없는 저녁을 먹을 마음이 들지 않았다. 한노도 이제 안주할 곳이 못 된다.

트럭이 멀어지는 모습을 지켜본 하니오는 적어도 밝은 상점가로 돌아가려고 넓고 먼지가 자욱한, 지나치게 질서정연한 거리로 나갔다. 하지만 그 부근에 갑자기 사람들이 쏟아져 나오듯이 북적이는 모습이 도리어 꺼림칙했다

그곳은 말은 상점가라고 해도 마을 변두리에 위치해 있고, 먼지투성이의 쇼윈도 안에 운동화를 난잡하게 쌓아 올리고 파는 낡고 무기력한 가게가 있는 거리였다.

운동화의 고무밑창이 유리에 딱 붙어 있거나, 끈이 엉성하게 늘어져 있거나, 찌그러진 채 겹겹이 쌓여 있는 모습이 마치 수용소에서 죽은 수많은 사람들의 신발을 방금 막 모아 온 것 같았다.

그래도 그 거리는 옥외등을 일제히 밝히고, 밝은 채소 가게나 생선가게 앞에는 인파가 모여 있었다.

하니오는 꿀벌 소리처럼 그리운 '윙윙' 소리를 들었다. 음악 같기도 하고, 따스하고, 뭐라 표현할 수 없는 향수가 느껴지는 울림이었다.

그 소리가 나는 곳은 작은 목공소였는데 반쯤 열린 문 너머로 밝은색의 톱밥이 보였고, 반짝이는 둥근 전기톱도 언뜻 보였다. 그리고 판자로 된 문에는 '작은 상자, 책장, 무엇이든 원하시는 목공품 즉시 제작'이라고 적혀 있었다.

그 말을 마음에 담고 조금 더 걷자 시계 가게가 나왔다. 손님이 한 명도 없을 것 같은, 시간이 그대로 멈춘 듯한 시계 가게여서 하니오는 마음 편히 가게로 들어갔다.

"시계 주십시오."

"네. 시계 가게라서 시계밖에 없어요. 어떤 시계요?"

하얗고 통통한 얼굴의 여사장이 나와서 물었다.

"스톱워치로, 되도록 소리가 큰 걸로 주세요."

"글쎄, 그런 게 있으려나?"

하니오는 들어본 적 없는 제조사의, 누가 봐도 메이지 시대*의 운동회에서 쓰던 느낌의 낡은 스톱워치를 손에 넣었다. 꼭지를 누르자 초침이 무척 정직한, 다짐을 받는 듯한 소리를 냈다.

그 스톱워치를 가지고 아까 지나온 목공소로 돌아갔다.

"죄송한데, 작은 상자는 바로 만들어주실 수 있나요?"

"지금은 손이 비었으니 가능합니다."

장인처럼 보이는 깡마른 중년의 남자가 그의 얼굴을 보지도 않고 대답했다.

"이 스톱워치를 넣을 상자를 급히 만들어주셨으면 하는데요."

"아니, 이걸요? 이걸 나무 상자에 넣어서 선물이라도 하시게? 그런 상자라면 시계 가게에서 팔 텐데."

"아뇨, 좀 특별한 상자가 필요해서요. 안에 시계가 들어있는 티가 나지 않게 좀 크게, 최대한 투박하게 만들어주세요. 문자판도 전부 다 가려지게요."

* 1868년~1912년

"그럼 시계를 제 기능으로 못 쓰지 않아요?"

"이유는 묻지 말고 제 말대로 만들어주세요. 그리고 태엽 꼭지만 구멍 밖으로 나오게 하고서 나머지는 다 밀폐해버리고, 바깥은 검은색 라카로 칠해주시고요."

"시계가 안 보여도 괜찮아요?"

"괜찮습니다. 소리만 들리면 되니까요."

하니오는 냉정하고 침착하게 설명했다.

스톱워치는 뭐라 표현할 수 없는 투박한 상자 안에 고정되었고, 작은 구멍 밖으로 꼭지만 삐져나와 있었다. 이윽고 거친 상자의 겉면은 검은색 라카로 무자비하게 칠해졌다.

그 상자는 겉만 봐서는 무엇인지 전혀 알 수 없는 물건이었지만, 꼭지를 누르면 상자를 통해 째깍거리는 소리가 선명하게 울려 퍼졌다.

'이제 됐다. 이제 드디어 나를 지킬 무기가 생겼다.'

하니오는 마음속으로 중얼거렸다.

— 그 상자는 웃옷 주머니에 넣기에는 다소 부피가 큰 물건이었다. 하지만 하니오는 늘 몸에 지니고 다녔고, 그걸 가지고 있으면 그나마 안심이 되었다. 꼭지를 누르면 주머니 안에서 시계가 요란한 초침 소리를 냈다.

'이렇게 조심하고 이런 평범한 시골 마을에 와도 상대가 내가 있는 곳을 찾아낸다면, 이제 어디에 있든 마찬가지야.'

하니오는 마음을 굳게 먹었다.

공포심이 사라지지는 않았지만, 일상은 아무 일도 없이 흘러갔다.

아침에 눈을 뜰 때마다 목숨이 붙어있다는 게 이상하다는 생각이 들었다. 그리고 거미 같은 환상이 그 이후로 두 번 다시 나타나지 않아 마음이 놓였다.

한노역 앞에는 등산객들이 많이 다녔지만 외국인 등산객은 드물었다.

어느 날 역까지 담배를 사러 갔는데, 녹색 티롤리안 모자•를 쓰고 체크무늬의 니커보커••를 입은, 기품 있는 중년의 백발 외국인이 정중히 모자를 벗더니 하니오에게 길을 물었다.

"저기, 하나 여쭤보고 싶은데, 라칸산羅漢山•••이 어디죠?"

- 등산모 따위로 많이 쓰이는, 챙이 좁고 앞이 내려가 있는 모자
- • 스코틀랜드의 전통적인 골프 복장으로 무릎 아래에서 졸라매는 느슨한 바지
- •• 사이타마현 한노시에 위치한 텐란산天覽山의 옛 이름

"아, 라칸산이요? 상공회의소 앞을 지나 오른쪽으로 꺾고 경찰서에서 왼쪽으로 들어간 다음 공회당으로 나가면 바로 뒤에 있어요."

하니오는 벌써 이곳에 사는 주민인 것처럼 대답할 수 있었다.

"그래요? 고마워요. 정말 미안한데, 그 근처까지 안내해주시면 좋겠는데요. 제가 아는 곳까지만이라도요. 제가 길치여서요. 아무쪼록 부탁 좀 드립니다."

하니오는 할 일이 아무것도 없어서 사람 좋아 보이는 이 신사를 안내해줘도 괜찮겠다는 생각이 들었다. 하늘을 올려다보면서 "날쓰가 참 좋군요."라고 하는 외국인의 말을 "날씨를 잘못 말씀하셨겠지요."라고 바로잡아줄 정도로, 친절한 마음이 들었다.

상공회의소 옆은 그늘이 져 있고 차 두어 대가 주차되어 있었다. 그중에는 검은 외제차 한 대가 있었는데, 번쩍번쩍 광이 나서 아주 근사했다.

"좋은 차네요."

외국인이 그 차를 쓰다듬듯 지나가다가 당연하다는 듯 문을 열어서 하니오는 자기 눈을 의심했다.

"타."

외국인은 낮은 목소리로 꾸짖듯이 명령했다. 그의 손에는 권총이 쥐어져 있었다.

52

 그들은 하니오의 두 손을 결박하고는 선글라스를 씌웠고, 차는 그대로 출발했다.
 신기한 모양의 이 선글라스는 양옆에도 삼각형 모양의 안경알이 있고 곁눈질을 해도 차광유리를 통해 보게 되어 있다. 그렇다고 바깥이 보이는가 하면 그렇지는 않다. 외관상으로는 선글라스처럼 보이지만 안쪽에 수은이 발라져 있었다. 말하자면, 그들은 하니오에게 눈가리개를 씌운 셈이다. 이는 아마도 목적지를 들키지 않으려는 의도일 것이다.
 차는 티롤리안 모자를 쓴 영국인이 운전했다. 그런데

차 안에는 그와 하니오 두 사람 말고도 한 사람이 더 있었다. 외국인이 하니오를 뒷좌석에 태우자마자 거기서 남자 한 명이 벌떡 일어나더니 재빨리 선글라스를 씌우고, 하니오의 옆구리에 총구를 딱 붙인 채 옆에 앉았다. 그래서 하니오는 그의 인상을 눈여겨볼 새도 없었다.

세 사람 모두 말이 없는 채로 차는 달렸다. 자기가 어디에서 죽게 될지, 하니오는 생각하고 있었다. 하지만 귓가에 들려오는 소리가 라디오에서 나오는 흥겨운 재즈뿐이라 도무지 진지한 생각을 정리하기가 힘들었다.

자신은 '목숨을 팝니다' 광고를 냈을 때 이미 이런 부조리한 죽음을 맞을 운명을 택했으니 어쩔 수 없다는 뻔뻔스러운 생각만이 가슴에 강한 위산처럼 타올라, 도망다니면서 느꼈던 죽음의 공포가 갑자기 멀어져버렸다는 사실에 놀랐다.

그 죽음의 공포는 무엇이었을까? 죽음에 쫓기고 있다고 느꼈던 동안만, 그 공포는 아무리 눈길을 돌려도 시야에 들어오는 이상하고 거대한 검은 굴뚝처럼 지평선 위에 우뚝 솟아 있었다. 그런데 이제 그 굴뚝은 형태도, 그림자도 없다.

한노에 있는 외과병원에서 실밥을 뽑은 후에는 허벅

지의 통증도 완전히 사라졌지만, 그 부근에 공포의 기억이 남아 있다. 역시 인간에게 가장 무서운 것은 불확실한 일이라, '이거였구나.' 하고 짚이는 데가 있으면 공포는 순식간에 옅어지는 것 같다.

수갑에 자물쇠가 잘 채워져 있는지를 확인하려는 셈인지 몇 번이나 신경질적으로 자신의 손을 만진 남자의 손길에서 덥수룩한 털의 감촉이 느껴지는 걸 보니 아무래도 그는 외국인인 것 같았다. 또한 부추에 가스를 섞은 듯한, 그러면서도 어딘가 끈덕지고 달콤한 체취가 옷 바깥으로 느껴지는 점으로 봤을 때 역시 외국인 같다는 생각이 들 뿐이었다.

차가 몇 차례 좌회전하고, 언제 포장도로를 벗어나고, 건널목을 몇 차례 지날지, 처음에 하니오는 침착하게 세어보려 했지만 곧 그런 노력이 소용없음을 깨달았다. 짧은 드라이브라면 어느 정도 짐작이 가겠지만, 차는 두 시간 여를 계속 달렸고, 그동안 포장도로가 많았던 점을 미루어 보아 딱히 심산유곡으로 데려가 총살한 시체를 골짜기로 던져 넣을 계획도 아닌 듯했다. 어쩌면 도쿄로 가고 있는 것 같기도 했다.

그러다 울퉁불퉁한 길로 들어서더니 차가 심하게 흔

들렸고, 급경사 언덕의 오르막길로 접어들었다. 바람이 불어오고, 주위가 어스름해진 것을 알 수 있었다.

마침내 차가 멈췄을 때는 '언젠가 저들 손에 죽더라도 아직 그 과정이 기다리고 있구나.' 하는 불안이 덮쳐왔다. 하니오는 그들 손에 이끌려 차에서 내렸고, 자갈길을 걷다가 어느 서양식 집으로 들어간 것을 알 수 있었다. 서양식 집임을 알아챈 것은, 발을 디뎠을 때 바닥이 카펫인 느낌이 분명했기 때문이다.

53

 …하니오가 지금 있는 곳은 지하실이었다. 썰렁한 방의 차디찬 콘크리트 바닥에 의자 몇 개와 허술한 테이블이 놓여 있었다. 그들은 하니오의 손을 앞으로 묶은 채 의자에 앉히고 선글라스를 벗겼다.

 방에는 차에 함께 탔던 두 사람을 포함해 여섯 명의 남자가 있었다. 그중 네 명은 본 기억이 있었다. 세 명은 딱정벌레에서 채취한 약을 실험할 때 있었던 외국인들이고, 중년의 헨리는 오늘은 닥스훈트를 데리고 오지 않았다. 그리고 또 다른 동양인 한 명은 잊을 수 없는 베레모를 쓴 중년 남자로 루리코의 기둥서방이었는데, 겨드랑이에 커다란 스케치북을 끼고 있는 모습조차 그때와 똑같았다.

베레모를 쓴 우스꽝스러운 중년 남자는 하니오에게 담배를 권하며 친절하게 불을 붙여주고는 그의 옆에 앉았다. 나머지 다섯 사람은 제각기 의자에 앉거나 서서 하니오를 빤히 쳐다보았고, 차에 함께 탔던 두 사람은 언제든 발사할 수 있도록 하니오에게 총구를 겨누고 있었다.

"그럼 이제 신문을 시작하지."

동양인인 외국인은 끈적하면서도 묘하게 따스한 목소리로 말했다. 그 목소리가 방 안에서 크게 울려 퍼졌다.

"우선 네가 경찰 소속이라는 사실을 이쯤에서 자백하는 편이 좋을 거야."

이런 뚱딴지같은 소리에 하니오는 깜짝 놀랐다.

"제가 왜 경찰 소속이라는 거죠?"

"뭐, 얼마든지 둘러대보라지. 네가 경찰 소속이라는 걸, 어쩔 수 없이 치치 털어놓게 될 거야.

잘 들어. 그럼 왜 이제껏 너를 처치하지 않고 놔두었는지, 그걸 설명하는 게 가장 빠를 것 같으니 이제 그 이야기를 해주지. 난 말이야, 말로 설득하는 평화적인 방법이 좋아. 죽이는 일은 항상 다른 사람한테 시켜.

처음에 '목숨을 팝니다'라는 네 광고, 신문에 나왔을 때, 냄새가 난다는 생각에 내 밑에서 일하던 노인을 자네 집으로 보냈어.

지금 만나게 해 주지. 그 사람도 널 보고 싶어 해. 자, 이리 오게."

동양인이 손뼉을 치자 그 소리가 우레와 같은 박수소리처럼 울렸다.

조금 전 하니오가 끌려 들어온 문과는 다른 반대쪽에서 그 노인이 나타났다. 그리고 눈을 깜빡이고, 입에서 '슈슈' 소리를 내며 멀리서 목례를 했다.

"미안하게 됐네."

그 이야기가 거슬렸던 중년의 동양인이 말했다.

"쓸데없는 말은 하지 않아도 돼. 그래도 나, 오늘 밤에 하니오 자네가 죽어가는 모습을 데생할 수 있다는 게 기대돼서 이렇게 스케치북도 가져왔어. 다양한 포즈의 데생을 하고 싶으니 다양한 포즈로 몸부림 치며 고통스러워하다가 죽어주기를 바라네.

그건 그렇고, 이제는 좀 납득이 가겠지.

왜 그 광고를 눈여겨봤는가 하면 우리 조직, 경찰이

뒷조사를 한다는 건 알고 있었어. 하지만 좀처럼 꼬리가 잡히지 않으니, 그런 이상한 광고를 내고 목숨이 아까운 줄도 모르는 자네 같은 첩보원을 쓰면 틀림없이 비밀을 캐낼 수 있을 거라고 생각한 거지. 그렇게 생각하는 것도 일리가 있어. 그래서 그 광고를 눈여겨보았어.

그리고 루리코를 만나게 했지. 루리코는 이미 조직에 대해 너무 많은 걸 알고 있었어. 그대로 두면 ACS에 대해서 남들한테 어디까지 이야기할지 알 수 없었지. 그래서 머지않아 죽일 참이었어. 죽이기 전에 널 만나게 하고, 그러고 나서 죽였지. 그러면 분명 네가 바로 경찰과 연락을 취할 거라고 생각했으니까.

그런데 넌 정말 똑똑해! 놀라울 만큼 똑똑해! 놀라울 만큼 조심성이 많아. 너를 루리코의 집에서 살려 보내면 분명 네가 정보를 얻는 방법, 보고 방식, 파악할 수 있을 거라고 생각했어. 물론 얼굴 사진도 몰래 찍어두었지. 이 스케치북, 카메라 기능도 있거든. 이것 봐."

동양인은 스케치북 표지를 가리켰다. SKETCH·BOOK 글자에서 두 개의 O는 세련된 디자인으로 되어 있었는데, 두 눈 중 한쪽은 뜨고 있고 한쪽은 윙크하는 모양이었다. 그 동그랗게 뜬 눈 속에 렌즈가 있었다. 그러고 보니 표지가 지나치게 두꺼웠다.

"넌 시치미를 뚝 떼고 경찰에 전혀 연락하지 않았어.

생쥐 인형과 저녁 식사를 할 때 수상쩍다 싶어 눈여겨봤지만, 그 이후에 조사한 바로는 생쥐 속에 송신기가 들어있지도 않았지. 넌 결코 꼬리를 잡히지 않았어. 정말 놀라울 만큼 똑똑해! 난 놀랐어.

그래서 여자 한 명을 더 썼어. 그 여자도 조직 여자. 어떻게든 유인해서 네가 다 불게 만들려고 했어. 그런데 그 노처녀가 너한테 반했던 것 같아. 널 대신해서 죽었지.

시체를 처리하는 건 귀찮은 일이지만 자살이라면 문제될 게 없어. 그래서 여기 있는 헨리 씨 일행, 의논해서, 다시 널 놓아주고 좀 더 살게 놔두기로 했지.

어차피 죽여야 하지만, 널 미끼로 쓰면 다른 경찰 스파이도 몇 명 더 잡을 수 있을 테니까. 하지만 넌 정말 똑똑해서 좀처럼 빈틈을 보이지 않았지.

그러다 흡혈귀 여자와 함께 살게 되었어. 그때는 우리도 넌 정말 그냥 죽고 싶어 하는 이상한 남자고, 이제껏 했던 의심은 우리의 기우였다고 여기게 됐어. 우리, 정말 어처구니가 없어서 하루라도 빨리 네가 흡혈귀 여자에게 피가 빨려 죽길 바랐지. 그러면 모든 게 해피엔딩이라고 생각했어. 그런데 그렇게 되진 않았어. 그건, 목숨을 건 너의 위장극이었던 거야. 정말 넌 우수한 스파이야.

그 이후로 뭘 했는지 다 알아. 넌 능숙하게 뇌빈혈이 난 척해서 입원했고, 입원 중에 우리가 방심하고 감시가 소홀해진 틈을 타서 본업을 했어."

"아니, 그건…."

하니오는 황급히 반박했다.

"변명해도 소용없어. ACS는 B국과도 연락을 취하니까. B국은 그 당근 암호 사건 이후로 네 이름을 일본 경찰의 스파이 리스트에 올렸어.

그때 본업을 한 건 네 실수였어. 이제 네 정체는 완전히 탄로 났어. 탄로 났지. 탄로 났다고! 이 바보야!"

동양인은 부드럽게 생글거리며 뾰족한 연필 끝으로 하니오의 목 언저리를 힘껏 찔렀다.

"그 뒤로 우리, 네 동료들의 활동을 조사하기 위해서라도 어서 널 잡아 진실을 불게 하고 죽이는 게 가장 좋다고 생각하게 됐어.

그런데 잠깐 안심하고 감시가 느슨해진 사이 널 놓쳐버려서 당황했지. 정말이야. 우리, 당황했어. 이대로 내버려두면 우리 위험해. 그렇게 생각했어.

그래도 네 사진을 잘 간직하고 있었지. 복사한 사진을 많이 썼어. 어차피 너, 옛 보금자리인 신주쿠 근처에서 자주 놀 게 뻔했으니까. 그래서 우리 조직 말단에 있는 LSD 판매인한테 네 사진을 나눠주고 찾으라고 시켰어.

이 사람, '목숨을 팝니다' 광고를 낸 이상한 남자인데 모르냐고, 많은 후텐족 아가씨들한테 물어보고 다녔어. 아무도 모르더라고. 넌 꽤 여러 여자들과 잤는데 조심성이 많아서 그 여자들도 네가 사는 곳을 모르고, 집도 정리했고. 도쿄 인구는 천만 명이고, 정말 속수무책이었어.

ACS의 비밀을 아는 남자, 한 마리 이_風 같은 남자, 이 안에 숨어 있을 텐데, 어떻게 잡아야 할지 모르겠더군.

하지만 하니오 군, 역시 이 세상에 신은 있어. 신, 절대 우리를 버리지 않아.

신, 인간이 비밀스러운 조직을 만드는 걸 좋아해서 그 조직을 위해 여러모로 힘을 빌려주셔.

ACS는 홍방紅幇*에서 만들어졌으니 홍방의 신, 지금도

---

* 중국 청나라와 중화민국 때에 걸쳐 청방青幇과 함께 생겨난 비밀 조직. 쑨원의 신해혁명에 가담하였으나 차차 도박이나 강도, 협박, 매춘 따위를 하는 범죄 단체로 변했다.

도와주셔. 홍균노조鴻鈞老祖* 말이야. 알아?

장발적의 난 때 적군 토벌을 위해 화이양으로 간 증국번**의 군사 중에 린이라는 사람이 있었어. 그 사람, 전쟁을 잘 못해. 수천 명의 병사를 이끌고 싸웠지만 늘 져서, 화가 난 증국번에게 참형당할 처지에 놓였지.

린은 깜짝 놀라 열여덟 명의 부하와 함께 탈주했고, 필사적으로 도망쳤어. 뛰고 또 뛰었지. 그러다 한밤중에 낡은 사당을 발견하고 거기에서 잤어. 그런데 얼마 안 가 사당 바깥이 소란스러워지더니, 많은 사람들이 몰려오는 소리가 났어. 정말 큰일이었지. 모두 무기를 들고 경계 태세를 취했는데, 몰려온 사람들은 그들을 쫓던 군대가 아니라 근처 마을 주민이었어.

한 마을 주민이 이렇게 말했어.

'지금 이 마을에서 갑자기 큰 소리가 나서 밖으로 나와 보니 하늘에 커다란 화룡이 꿈틀거리고 그 용이 붉게 빛나서 주위를 대낮처럼 밝히는가 싶더니 순식간에 사당 속으로 떨어졌다. 분명 이 사당에는 고귀한 분이 머

- 중국의 고전소설인 『봉신연의』의 등장인물로 도교의 도道를 형상화한 인물.
- 청나라 말기의 군인이자 정치가, 학자

물고 계신다는 생각에 보러 온 것이다'

린이 안심하고 마을 이름을 물어봤더니 놀랍게도 전에 도망친 진지에서 600~700리나 떨어진 외진 마을이었어. 몇 시간을 달렸을 뿐인데 거기까지 도망칠 수 있었던 거야. 이건 정말 신의 도움이다 싶어 묘비를 봤더니, '홍균묘'라고 적혀 있었어. 그럼 홍균노조가 우리를 구해준 건가 하는 생각에, 이튿날 제사상에 산해진미를 다 올려 신전에 공양했어.

그리고 모두 의적義賊이 되어 부자를 습격해 재물을 빼앗아 빈민들에게 나눠줬지. 이렇게 홍방이 만들어진 거야.

이야기가 약간 딴 길로 샜지만, 이런 이유로 나도 신께 기도했어. 그랬더니 이 노인이 공원에서 우연히 널 만난 거야. 이제 됐다 싶었지. 그래서 널 미행하게 됐어."

"그렇게 된 겁니다."

여전히 단정하게 차려입은 노인은 정중하게 인사한 뒤 하니오 쪽을 보며 미안한 표정을 지었다.

"그렇군요. 이제야 어떻게 된 건지 이해가 가네요. 하지만 난 경찰 같은 사람들이랑은 전혀 관련이 없어요. 당신들한테는 사람이라면 모두 조직에 소속되어 있다는 미신이 있죠. 홍방인지 뭔진 모르겠지만 그 미신부터 타파해야 해요. 세상에는 어떤 조직에도 속하지 않는 자유로운 사람도 있으니까요. 자유롭게 살고, 자유롭게 죽을 수 있는 사람 말이죠."

"이렇게 말을 할 수 있을 때 멋대로 지껄이는 것도 괜찮지. 그건 그렇고, 일본 경찰 스파이도 꽤 재치 있는 말을 하는군. 경찰 교육의 수준이 상당히 높아졌다는 점을 잘 알겠네.

내 이야기는 아직 끝이 아니야. 허벅지에 박힌 트랜시버를 빼고 다시 네가 우릴 따돌리는 바람에 우린 곤경에 빠졌지.

너, 정말 잘도 도망쳐. 입으로는 목숨을 판다고 하면서 너처럼 목숨을 소중히 여기는 남자는 처음 봐. 그것도 이제 오늘 밤으로 끝이지만.

네가 한노에 있는 걸 어떻게 알았는지 알아?

우리, 일본 전국의 여관 정보를 모아 여행사를 해. 여관에 손님들을 소개해주지. 대신 손님 정보를 수집해. 우리 여행사, 아주 친절하고 서비스 좋고 평판 좋아서 여관들도 좋아해. 그 대신 수상한 손님이 혼자 오래 머물면 바로 알 수 있어.

우리, 각지의 여관을 꼼꼼히 조사했어. 혼자 온 손님, 너 정도 나이에 오래 묵고 있는 사람, 다 조사했어.

대상을 점점 더 좁혀 한노역 앞에 있는 사람이 너라고 짐작했고, 그 예상이 맞았지. 이것도 운이 좋았어. 너 같은 스파이 한 명을 잡아서 정보를 불게 하고 죽이면 다들 조직에서 포상금 받을 수 있어. 그러니까 모두 열심이야. 여기에 있는 외국인들, 모두 돈을 아주 좋아하는 사람들뿐이야.

그럼 신문을 시작하겠네만, 너 같은 경찰 첩보원 중에 ACS를 조사하는 놈, 몇 명이야? 어디에 있어? 어떤 활동을 하고 어떤 연락을 하지?"

하니오는 주머니 속에 있는 검은 상자를 떠올리며 미안해 보이는 노인의 표정에만 희망을 걸었다.

54

"그렇군…. 그랬어."

하니오는 홀로 고개를 끄덕였다.

"그래서 이제 저를 고문하려는 거죠?"

"맞아. 그리고 천천히 데생을 해서, 언젠가 자네가 루리코와 잤을 때 데생했던 그림이랑 한데 모아 동료들끼리 개인전을 열까 해. 예술적이고 분위기 좋은 전시회가 될 거야. 인간이 태어나서 서로 사랑하다가 죽는 건 정말 당연한 일이니까."

"그런데 제가 고문당하기 전에 자살하면 어쩔 겁니까?"

"혀라도 깨물겠다는 건가?"

"아뇨, 당신들 모두 말려들게 하려고요."

하니오는 묶인 손을 웃옷 주머니에 넣어 검은 상자를 쥐고 꼭지를 눌렀다. '째깍째깍' 하는 명료한 소리가 났다.

"들리죠? 시계 소리."

"그게 무슨 소리야?"

낌새를 알아챈 외국인들도 의자에서 일어났다.

"안 됩니다, 제게 총을 쏘면. 쏜 순간 이 버튼을 누르면 폭발해서 저는 물론 여러분도 박살이 날 테니까요."

"너, 목숨이 아까운 줄도 몰라?"

"잘 들어요. 전 '목숨을 팝니다'라는 광고까지 낸 사람이라고요. 가만히 앉아있지도 못하는 저런 스파이들이랑 똑같은 취급하지 마시죠.

시한폭탄은 앞으로 8분 후에 터지게 맞춰두었습니다. 하지만 버튼을 누르면 언제든 폭발하죠. 이 방 하나쯤은 가볍게 날아갈걸요."

모두 슬금슬금 조금씩 뒷걸음질 쳤다.

"보여드릴까요?"

하니오는 까맣고 불길한, 작은 상자를 꺼내 보여주었다. 이건 일종의 도박이었다. 작은 상자는 계속 '째깍째깍' 하고 믿음직스러운 소리를 냈다.

"어이, 기다려! 넌 목숨이 아까운 줄도 몰라?"

"그게 대체 무슨 말씀이죠? 전 어차피 고문당하다 죽을 거잖아요. 결국 마찬가지 아니에요?"

"아니. …아니, 잠깐. 목숨을 살려줄 방법도 있어."

"뭡니까. 어서 말해요. 이제 7분밖에 안 남았어요."

"우리 조직에 들어오게 해주지. 보수는 의논해서 아주 후하게 쳐줄게. 비밀만 지켜주면 원하는 지위, 사치, 여자, 뭐든 다 누리게 해줄 수 있어. 하니오 군."

"그렇게 스스럼없이 이름을 부르지 마시죠.

난 당신들처럼 더러운 조직에 들어가고 싶지 않아. 내겐 도덕 따위 없으니 당신들이 뭘 하든 나무라지 않아. 사람을 죽이건, 돈이나 마약이나 총기를 밀매하건, 그건 내 알 바가 아냐. 다만, 사람을 보면 어떤 조직에 속한다고 생각하는 당신들의 그 미신을 깨주고 싶어. 그렇지 않은 사람도 많아. 물론 당신들도 그건 인정하겠지. 하지만 그 어떤 조직에도 소속되지 않고, 게다가 목숨을 아까워하지 않는 남자도 있다는 걸 잘 알아둬. 그런 남자는 극소수겠지. 소수겠지만 반드시 있다고.

난 목숨 따위 아깝지 않아. 내 목숨은 상품이야. 어떻게 되든 받아들일 거야. 그런데 누가 날 억지로 죽여서 죽기는 짜증 나니까 자살하려는 것뿐이야. 당신들을 길동무 삼아 다 같이. 이제 5분 남았어."

"기다려. 그럼 네 목숨을 사주지."

"안 판다고 하면 어쩔 건데?"

하니오는 노인의 얼굴을 힐끔 보고는 검은 상자를 치켜들었다.

과연 노인은 신속한 반응을 보였다. 문 쪽으로 달려가 문을 열고 말했다.

"자, 여러분 어서 도망가세요. 여기 이 남자 한 명만 남기고 문을 닫아 가둬두는 게 제일 마음이 놓이지 않을까요? 일단은 어서 도망가세요. 그러고 나서 이 남자 혼자 폭발로 죽건 말건 놔둡시다. 어서 도망치지 않으면…."

"앞으로 4분."

하니오는 그렇게 말하고 나서 다시 느긋하게 의자에 앉아 앞에 있던 테이블 위에 검은 상자를 올려놓았다. 긴장을 늦추지 않고, 한 손은 여전히 그 상자 위에 올려놓은 채.

"당신들이 모두 나가도 이 버튼을 바로 누르지는 않을

거야. 폭발을 기다리다 4분 후에 죽어야지. 그리고 그 4분 동안 혼자서 내 인생을 되돌아볼 거야. 당신들은 최대한 멀리 도망가지 않으면 다칠걸? 그런데 3~4분 가지고 얼마나 뛸 수 있을까?"

한 사람이 발을 헛디디는 소리를 내며 바닥에 넘어질 뻔한 것이 도화선이 되었다. 그들은 노인이 연 문으로 일제히 뛰쳐나갔다.

그들의 뒷모습을 지켜보던 하니오는 유유히 일어나 그 문을 닫고 다른 문 쪽으로 걸어갔다. 그 문이 잠겨있지 않은 것을 확인하고 살짝만 열어 빠져나온 다음, 계단을 정신없이 뛰어올라 발길이 닿는 대로 내달렸다.

55

 어차피 뒤에서 권총을 난사하는 식의 야단스러운 짓을 하지는 않을 거라는 자신이 있었다.

 정원의 나무들 사이를 대각선으로 가로질러 담장에 발을 걸어 단숨에 뛰어넘고, 그 아래 낭떠러지로 정신없이 미끄러져 내려갔다.

 그때 운집해있는 등불들이 눈가를 스쳤다. 이미 날은 어두워졌지만 낭떠러지 바로 아래에 마을이 있었다. 하니오가 납치된 곳은 그렇게까지 고립된 산 속은 아니었다.

 상처투성이인 몸으로 동네를 내달리며 "살려줘! 파출소가 어디야?!" 하고 소리쳤다.

두 손이 묶인 채 달리느라 몸이 휘청거렸다. 그와 부딪힐 뻔한 행인이 황급히 몸을 피하며 쌀쌀맞은 표정을 지었다. 마침내 "파출소는 저기에서 오른쪽으로 꺾으면 있어요."라고 가르쳐주는 목소리가 들렸다.

하니오는 파출소 바닥에 쓰러지듯 앉아 숨을 헐떡였고, 아무 말도 할 수 없었다. 중년의 순경이 깜짝 놀라며 "자네는 어디에서 왔나? 어라, 묶여있네. 어라, 다쳤네."라고 태평하게 말했다.

"여긴… 여긴 어딥니까?"

"오메靑梅시야."

순경은 하던 일을 멈추지 않고 대답했다.

"물을… 물을 주세요."

"어, 물 말이지? 잠깐 기다려."

순경은 여전히 하던 일을 멈추지 않고 장부를 들췄다. 그리고 만족스러운 듯 낡아빠진 만년필을 내려놓더니 뚜껑을 조신스럽게 닫고 일어나 하니오를 힐끔 보고는 물을 가지러 갔다. 밧줄을 풀어줄 기미는 없었다.

전등 빛을 머금은 물 한 잔을, 하니오는 두 손으로 받아들고 남김없이 마셨다. 세상에 이렇게 맛있는 건 없을 거라는 생각이 들었다.

순경은 묶여있는 하니오의 손을 흘끔거렸다. 지금 손의 포박을 풀어주면 무슨 짓을 할지 모르니 상황을 지켜보자는 태도였다. 하니오에게도 어느 정도 이성이 남아있었기에, 당장 포박을 풀어달라고 부탁하는 것은 포기했다. 나중에 형사에게 순경의 태만함을 천천히 고자질하면 될 일이다.

 그렇게 생각한 순간 순경이 뽐내는 듯한 손놀림으로 밧줄을 풀기 시작해서, 하니오는 자신이 쓸데없는 걱정을 했음을 깨달았다.

 "대체 무슨 일이야?"

 순경이 밤늦게 집에 들어온 아들을 나무라는 말투로 물었다.

 "누가 절 죽이려고 했어요."

 "흐음, 죽이려고 했다, 죽이려고 했다니…"

 그는 귀찮다는 듯 다시 만년필 뚜껑을 열고는 서랍에서 갱지를 꺼내어 글씨를 쓰기 시작했다. 정말 느려터진 태도였다.

 간단한 질문에 대답한 하니오는 자신의 대답을 듣고서 순경이 전혀 흥분하지 않는 점이 못마땅했는데, 순경이 전화기를 들고 본서에 보고하는 소리를 듣고 그제야 마음이 놓였다. 낭떠러지를 미끄러져 내려오다가 어딘가에 부딪힌 정강이가 심하게 아팠다. 손을 바지 속에 집어넣어 보니 이미 끈적하게 굳은 피가 묻어났다.

본서에서 다른 경찰이 오기까지는 시간이 걸렸다. 그동안 순경은 차와 담배를 권했고, 하니오가 하는 말은 건성으로 들으며 자기 아들 이야기를 했다.

"우리 아이는 N대에 다녀. 뭐, 전학련 같은 데는 들어가지 않으니 다행이지만, 매일 밤 공부도 안 하고 집으로 친구를 불러들여서 마작만 해서 정나미가 떨어져. 아내가 '너 그렇게 흐리멍텅하게 살 거면 헬멧 쓰고서 각목이라도 휘두르고 오지 그래?'라고 하면, '어, 그래? 그래도 돼? 그게 엄마 부탁이라면 내일부터 시작할게.' 같은 소리를 하면서 아무렇지 않은 얼굴로 협박을 하니까 아내도 눈감아줘. 요즘 아들들은 정말 고단수니까. 그래도 뭐, 자식을 대학에 보내고 부모로서 책임을 다했다고 생각하면 마음이 놓여."

곧이어 자전거 전조등이 느릿느릿 다가오더니 젊은 순경이 데리러 왔다.

"이 사람이야."

파출소 순경이 간단히 소개했다.

"아, 데려갈게."

젊은 순경이 거칠게 말했다.

자전거를 끌고 가면서 젊은 순경이 하니오를 전혀 신경 쓰지 않아서, 밤의 상점가를 가로지르며 하니오는 스스로 주위를 경계해야만 했다. 레코드 가게에서 떠들썩한 그룹사운드 음악이 나왔다. 하니오는 다리를 질질 끌며 때때로 덮쳐오는 현기증과 싸웠다.

경찰서에 이르자 후줄근한 양복을 입은 마흔 살 남짓의 형사가 나와서 "이야, 어서 오시게." 하고 이상한 인사를 했다.

"일단 조서를 쓸까요? 이쪽으로 앉으시죠."

그는 지금 막 식사를 마친 참인지 이쑤시개로 끊임없이 이를 쑤셨다. 하니오는 밥 생각이 났지만 배가 전혀 고프지 않았다.

"자, 그럼. …일단 마음 편하게 하세요. 주소랑 이름부터 여쭤볼까요?"

"저… 주소는 지금 없습니다."

"허."

형사는 언뜻 불쾌한 눈빛으로 하니오를 보았다. 말투가 조금씩 달라지기 시작했다.

"양손이 묶여있었다고 하던데?"

"네."

"손은 자기가 묶자고 마음만 먹으면 혼자 입으로 묶을 수도 있어."

"농담하는 거 아닙니다. 아까 누가 절 죽이려고 했다고요."

"아이고, 거참 큰일이군. 그래서 마을로 뛰어내려왔다고 했는데, 어디에서 내려왔어?"

"낭떠러지 위에 있는 저택에서요."

"그 근처는… 아, 마을 북쪽에 있는 그 낭떠러지?"

"북쪽인지 남쪽인지는 몰라요."

"그 근처는 K공업 사장님 저택도 있는 고급 주택가인데, 어느 집인지 몰라?"

"글쎄요, 문패를 볼 여유 따위 없었으니까요."

"그건 나중에 묻기로 하고. 사정을 대강 이야기해봐."

그 이후로 긴 인내의 시간이 시작되었다.

하니오가 조금 의욕적으로 말하려는 태도를 보이자, 형사는 손을 들어 더 천천히 이야기하라는 신호를 보냈다.

"ACS? 그게 뭔데?"

"아시아 컨피덴셜 서비스입니다."

"아시아, 컨, 피, 덴, 셜, 서비스라고? 그게 뭐야? 석유 회사나 그 비슷한 건가?"

"밀수와 살인을 하는 조직입니다."

"어허."

형사는 뺨 언저리에 엷은 미소를 띠었다.

"무슨 증거로 그런 소리를 하지?"

"제가 이 두 눈으로 봤습니다."

"살인 현장을 직접 봤어?"

"아뇨, 그걸 본 건 아니지만요."

"보지도 않고서 어떻게 알아?"

"기시 루리코라는 여자가 스미다강에서 익사체로 떠오른 사건이 있었잖아요? 그 사람이 제 여자였습니다."

"기시, 루리코. 기시는 한자로 어떻게 쓰지?"

"기시 수상의 기시입니다."

"기시 수상의 기시라고. …그래서, 좋은 여자였어? 알몸 상태의 시체였나?"

"아마 그랬을 겁니다."

"그것도 직접 본 건 아니구나?"

"알몸을 실제로 본 적은 있어요."

"다시 말해 육체관계가 있었다는 말이군."

"그런 건 상관없고요. 그 여자가 ACS의 손에 죽었습니다."

"자네." 형사는 갑자기 얼굴을 사무적으로 굳히며 하니오를 똑바로 보고 앉았다. "자꾸 ACS, ACS 하는데 그런 게 있다는 사실을 자네가 어떻게 증명할 수 있나? 우리도 심심풀이로 조서를 쓰는 게 아니야. ACS라니 듣도 보도 못한 이름을 꺼내서 그럴싸하게 이야기한다고 해도, 지어낸 이야기라는 건 오랜 세월의 감으로 다 안다고. 경찰서는 자기가 지은 소설을 들려주러 오는 데가 아니야. 이상한 추리소설을 아주 많이 봤겠지만, 어설프게 치근거리다가는 공무집행방해로 잡혀 들어가는 수가 있어. 그래도 괜찮겠어?"

"무슨 말씀을 하시든 상관없습니다. 이런 시골 경찰이 뭘 알겠어. 경시청으로 데려가줘요. 거기서 더 높은 사람한테 이야기할 테니까."

"내가 이렇게 밀딘 경찰이라 미안하네. 하지만 이래 봬도 높으신 양반들보다도 말단의 감이 들어맞는 경우가 더 많은 법이야. 시골 경찰이라니 뭐가 어째? 주소도 없는 주제에 거들먹거리기는."

"주소가 없는 사람은 다 용의자인가요?"

"물론이지." 말이 지나쳤다는 생각이 들었는지 형사의 목소리가 약간 부드러워졌다. "제대로 된 인간이란 모두 가정을 가지고 열심히 처자식을 부양하는 법이야. 자네 나이에 독신이고 주소가 없다면, 사회적으로 신용이 없다는 걸 알 수 있어."

"인간이라면 모두 주소를 가지고, 가정을 가지고, 처자식을 가지고, 직업을 가져야만 한다는 건가요?"

"내가 하는 얘기가 아냐. 세상 사람들이 하는 얘기지."

"그렇지 않은 인간은 인간쓰레기라는 말이에요?"

"그럼, 쓰레기겠지. 혼자서 이상한 망상이나 하고 경찰서로 뛰어 들어와 자기가 피해자라며 하소연하는, 그런 남자들은 드물지 않아. 자네 한 명일 거라고 생각한다면 큰 오산이야."

"그런가요? 그럼 제대로 범죄자 취급을 해주세요. 전 부도덕한 장사를 했었어요. 목숨을 팔았거든요."

"허어. 목숨을 말이지? 거참 고생이 많았네. 하지만 목숨을 팔건 말건 그건 자네 맘이야. 딱히 형법에서 금지하는 일은 아니니까. 피의자가 되는 사람은 목숨을 사서 악용하려 한 사람들이야. 목숨을 파는 녀석은 피의자가 아냐. 그냥 인간쓰레기지. 그뿐이야."

서늘함이 하니오의 가슴속을 스쳐 지나갔다. 이제 태도를 바꾸어 어떻게든 형사에게 매달려야겠다고 생각했다.

"부탁드립니다. 저를 유치장에 며칠이라도 넣어주세요. 보호해달라고요. 정말로 제 목숨을 노리는 자들이 있어요. 이대로 가다가는 분명 절 죽일 겁니다. 제발, 부탁이에요."

"안 돼. 경찰서는 호텔이 아냐. ACS처럼 말도 안 되는 생각은 오늘부로 잊어."

형사는 다 식은 차를 홀짝이더니 옆으로 돌아앉아 입을 다물어버렸다.

하니오는 끝내 울먹이는 목소리로 호소했지만, 경찰은 매정하게 뿌리쳤다. 하니오는 결국 경찰서 입구 밖으로 쫓겨났다.

다른 사람은 없었다. 별이 총총한 아름다운 밤하늘 아래, 경찰서 앞에는 경찰들을 상대로 하는 술집의 빨간 초롱불 두어 개가 어두운 골목 안에서 흔들리고 있을 뿐이었다. 밤이 하니오의 가슴에 들러붙었다. 밤은 그의 얼굴에 딱 들러붙어 그를 질식시키는 듯했다.

하니오는 경찰서 입구 앞의 돌계단 두어 개를 다 내려

가지 못하고 주저앉아, 주머니 속에서 찌그러진 담배를 꺼내어 불을 붙였다. 울음이 북받쳐서 목 안쪽이 벌렁거렸다. 하늘을 올려다보자 시야가 흐려져 여러 개의 별이 하나로 보였다.

옮긴이의 말

하니오가 찾아 헤맨 삶의 의미
1968년 일본의 '가족'과 '행복'

'논폴리ノンポリ'라는 말이 있다. 정치운동에 무관심한 것, 혹은 무관심한 사람을 뜻하는 이 말은 '논폴리티컬 nonpolitical'의 줄임말로 1968년 일본에서 유행어가 되어 지금까지도 같은 의미로 쓰이고 있다.

냉전시대, 베트남 전쟁이라는 국제 정세를 배경으로 미일안보조약 연장 반대 운동, 학교 민주화 등을 쟁점으로 치열한 학생운동이 선개되었던 1968년 일본, '논폴리'라는 말이 유행어가 될 정도로 어떤 이들은 정치 이슈로 지나치게 뜨겁고 또 어떤 이들은 지나치게 냉담하기만 했던 그때, 작가 미시마 유키오는 자위대에 체험 입대를

하고 사비를 들여 민간 방위 조직인 '방패회楯の会'를 조직하는 등 운동권 학생들과는 전혀 다른 방향으로 우익적인 정치 행보를 보였다.

한편 『목숨을 팝니다』는 그 해 「주간 플레이보이」에 5월 21일부터 10월 8일까지 총 21회에 걸쳐 연재된 소설이다. 「주간 플레이보이」의 주요 독자층은 오락성, 대중성만을 중시하는 이 잡지의 성격상 시사 이슈에는 별 관심이 없는 '논폴리' 20대 남성들이었을 것이다*. 다시 말해 미시마의 『목숨을 팝니다』는 그 당시 가장 정치적이었던 작가의, 가장 정치색이 엷어 보이는 독자를 겨냥한 소설이라는 미묘한 성격을 지닌다.

『목숨을 팝니다』의 주인공인 하니오 또한 「주간 플레이보이」의 주요 독자층과 마찬가지로 '논폴리' 젊은 남성이다.

광고 회사에 근무하는 하니오는 퇴근 후 습관대로 석간신문을 읽다가 신문의 글자들을 바퀴벌레 떼처럼 느

- 「주간 플레이보이」는 1966년에 슈에이샤集英社에서 청년 남성을 겨냥하여 만든 주간지로 지금까지도 발간되고 있다. 미국의 성인지 「플레이보이PLAYBOY」와는 연관성이 없으며 창간 초창기에는 여성의 세미누드, 뉴스, 만화, 예능계 소식 등을 다루는 종합 잡지의 성격이 강했다.

끼고는 불현듯 자살을 결심한다. 특별한 이유 없이, 삶이 지루하고 인생이 무의미하게 느껴진 것이다. 그러나 자살 시도는 실패로 끝나고, 하니오는 '목숨을 팝니다'라는 광고를 내어 자신의 목숨을 타인의 손에 맡겨본다. 그 이후로 하니오는 기꺼이 고객들이 의뢰한 위험한 사건들에 휘말리지만, 어쩌다 건강에 문제가 생기는 일은 있어도 목숨만큼은 잃지 않는다. 그는 자신의 남성성을 뽐내며 생판 처음 보는 여자들의 호감을 쉽게 사고, 여러 차례 죽음의 위기를 맞으면서도 끝까지 살아남는 극적인 체험을 되풀이한다.

이렇게 경박하면서도 경쾌한 전개는 흡사 1960년대부터 영화로 만들어지면서 전 세계적으로 선풍적인 인기를 끌었던 이언 플레밍 원작의 '007 시리즈'를 연상케 한다. 한 가지 차이가 있다면 '007 시리즈'의 주인공 제임스 본드는 영국 해군에 소속된 스파이로 윗선의 지령을 받는 사람이고, 하니오는 그러라고 시킨 사람이 아무도 없는데도 자기 의지로 목숨을 내놓고 살아간다는 점일 것이다. 그렇다면 하니오는 어째서, 무엇을 위해 남의 손에 자기 목숨을 맡기고 살아가게 되었을까?

처음에는 하니오 스스로도 그 정확한 답을 알지 못해

신문의 활자가 바퀴벌레처럼 보였기 때문이라는 식의 이유를 붙였던 것 같지만, 그는 고객의 의뢰를 받고 생존의 위기를 느끼는 경험을 쌓아가면서 자신이 느꼈던 권태감의 실체를 서서히 깨달아간다. 특히 하니오 스스로가 왜 자살을 하고자 했는지, 자신이 왜 목숨을 파는 장사를 하기 시작했는지에 대해 결정적으로 깨닫는 계기는 흡혈귀 여자, 그리고 레이코와 함께 부부처럼 생활하면서 찾아온다. "결혼 같은 걸 해서 한평생 매여 살거나, 직장 생활을 하면서 남에게 혹사당하는 사람들의 마음을 도무지 이해할 수 없다."라면서 자유롭게 살아가던 하니오가 '바퀴벌레의 정체'를 깨닫는 순간은 다음과 같이 그려진다.

…레이코는 그녀의 '장밋빛 꿈'을 구구절절 이야기했지만 그 평범한 공상이 하니오를 놀라게 했다.

레이코는 행복하고 다정한 아내가 되었다. 아이도 한 명 생겨서 제왕절개를 하게 되었는데, 수술이 무사히 끝나고 옥동자 같은 남자아이가 태어났다. 물론 임신 전부터 그녀는 하이미날과 LSD도 자제했다.

(중략)

— 이런 식으로 레이코의 입을 통해 그려지는 미래의 청사진을, 하니오는 점차 차오르는 혐오를 느끼며 들었다. 그 야말로 바퀴벌레의 생활이었다! 신문 지면에 꿈틀거리는 무수한 바퀴벌레의 정체가 바로 이거였다. 바로 이런 걸 피하기 위해, 그가 자살을 택하지 않았던가. (265~267쪽)

판에 박은 듯한 '행복한 가정'. 하니오는 그 시절 젊은이라면 누구나 꿈꿨을 법한 그런 미래상에 대해 강한 혐오를 느낀다. 그리고 그것이 바로 바퀴벌레, 즉 자신이 느낀 권태의 정체임을 깨달은 순간 그는 레이코가 꿈꾸는 행복한 가정과 미래의 생활, 다시 말해 그에게는 죽음이나 매한가지인 생활로부터 도망치기 시작한다. 도망치는 길에 하니오는 누군가가 자신을 미행하고 있음을 알아챈다. 그때까지 자신의 목숨이 남의 손에 어떻게 되든 내버려두었던 그는 그때 처음으로 죽음의 공포를 느끼며 그 공포로부터 도망치려 애쓴다. 죽고자 벌인 일에서 막상 죽음의 공포가 닥쳐오자, 역설적이게도 살고 싶다는 마음을 가지게 된 것이다. 그러다 어쩌다 들른 백화점에서 진열된 상품들을 둘러본 그는 다음과 같은 생각에 잠긴다.

무수한 상품들이 자신이 들어갈 작은 집들, 작은 가족을 암시했다. 그는 그 생각을 하면 숨이 막힐 것 같았다. 사람들은 왜 그렇게 살고 싶어 할까? 죽음의 위험에 노출되지 않은 인간이 살고 싶다고 느끼는 건 부자연스러운 감정 아닐까? 살고 싶다는 생각을 해도 이상하지 않은 사람은, 자기 같은 사람뿐일 것이다. (295~296쪽)

  죽음의 공포에 노출된 하니오가 '살고 싶어' 하는 모습과, 이렇다 할 죽음의 공포도 없는데 무수한 상품을 소비하며 '가족'으로 '살고 싶어' 하는 보통 사람들의 이미지가 대조적으로 그려지는 대목이다. 대중 소비사회의 발달이라는 세계적인 추이 속에서, 패전 후 일본에는 경제적인 풍요나 물질적인 욕망을 실현하는 단위로서의 가족이라는, 그때까지 없었던 완전히 새로운 가족의 이미지, 예를 들어 '단지족*'이나 '뉴 패밀리**'가 단숨에 보급되어 갔다. 집을 사고, 패밀리카를 사고, 가전을 사고,

- • 아파트 단지에 사는 사람들을 이르던 말
- •• 제2차세계대전 이후 베이비붐으로 태어난 세대의 부부와 아이들로 구성된 가정. 자기 집을 소유하고 패션이나 취미에 민감하다는 특징을 지님.

패밀리레스토랑에 가는 가족. 고도 경제 성장에 뉴타운 개발이 맞물린 1950년대 후반부터 1970년대 초반에 걸쳐, 새로이 만들어진 그러한 가족의 이미지는 대중을 사로잡았다.

그때 '가족'은 사람들의 욕망을 충족시킬 뿐만 아니라 욕망을 환기하는 장치가 되었다. 가족 자체가 대량 생산되는 분위기 속에서 대중 매체는 가족의 이미지를 선전하고, 대중들은 가족의 이미지를 대량으로 소비하면서 아파트, 가전, 자동차 등을 구매함으로써 '행복한 가족'처럼 살고 싶어 했다*.

이처럼 새로운 가족의 이미지가 널리 유통되고 보급되어간 당시, 1925년생의 작가 미시마가 그리는 가족의 모습에는 시종일관 차가운 시선이 닿아있다.

ACS 조직 사람들로부터 도망치다 만신창이가 된 하니오가 들어간 파출소에서 한 경찰은 "자식을 대학에 보내고 부모로서 책임을 다했다고 생각하면 마음이 놓여." 라면서 딱히 궁금하지도 않은 자기 이야기를 하고, 또

- 미우라 아쓰시 『'가족'과 '행복'의 전후사』(고단샤현대신서, 1999년 12월) 三浦展『'家族'と'幸福'の戰後史』(講談社現代新書, 1999年12月)의 내용 참고

다른 경찰은 주소가 없다고 대답하는 하니오에게 이렇게 말한다.

"제대로 된 인간이란 모두 가정을 가지고 열심히 처자식을 부양하는 법이야. 자네 나이에 독신이고 주소가 없다면, 사회적으로 신용이 없다는 걸 알 수 있어."
"인간이라면 모두 주소를 가지고, 가정을 가지고, 처자식을 가지고, 직업을 가져야만 한다는 건가요?"
"내가 하는 얘기가 아냐. 세상 사람들이 하는 얘기지."
"그렇지 않은 인간은 인간쓰레기라는 말이에요?"
"그럼, 쓰레기겠지." (338쪽)

자신을 보호해달라고 조르다 끝내 경찰서에서 쫓겨난 하니오는 주저앉아 별이 총총한 하늘을 올려다본다. 밤하늘을 올려다보며 그가 무슨 생각을 했는지 자세히 그려지지는 않지만, 아마도 그는 '삶'에 대해 생각했을 것이다. ACS에 쫓기는 처지에 놓인 삶, 그리고 부양할 처자식이 있고 직업이 있는, '보통' 사람으로 살기는 죽기보다 싫었던 자신의 삶 말이다.

이렇게 『목숨을 팝니다』에는 어디까지나 '논폴리'처럼

보였던 주인공이 여러 경험을 쌓아가면서 점차 모종의 정치성, 사회 비판적인 성격을 띠어가는 과정이 그려져 있다. 그럼에도 독자는 이 소설을 그냥 가벼운 대중소설로 즐겁게 읽고 넘길 수 있겠지만, 미시마가 쓴 여러 대중소설이 이처럼 논폴리를 위장한 사회 비판적인 성격을 띤다는 점은 마땅히 주목할 만하다*. 특히 한국에서는 작가 미시마에 대해 이야기할 때 충격적인 최후나 천황주의자의 이미지만을 쉽게 떠올리지만, 그가 주장하는 사상의 근저에는 늘 패전 후 일본 사회에 대한 비판이 있었다는 점을 눈여겨볼 필요가 있을 것이다. 미시마를 비롯하여 전쟁 중에 태어난 일본인들은, 천황 중심의 세계관 속에서 살다가 갑자기 외래의 '민주주의', '자본주의'라는 새로운 사상을 받아들여야 하는 처지에 놓이게 되었다. 급변하는 세계를 곧이곧대로 받아들일 수 없었던 당시 일본 젊은이들 사이에 허무주의, 공허감이 만연할 수밖에 없었던 이유다.

패전 후 일본 사회는 한국전쟁 이후 고도 경제 성장기

- 예를 들어 『미시마 유키오의 편지교실』(1966~1967년 연재소설)에서 도라이치라는 유머러스한 등장인물은 당시의 연애나 결혼 세태를 비판하는 역할을 한다.

를 맞아 미국형 자본주의를 그대로 뒤쫓으면서 그 공허감을 '풍요로운 생활'이나 '행복한 가족'에 대한 환상으로 채워갔다. 미시마의 경우, 그러한 환상에 대한 반감을 품고 직업 작가로서는 그 공허감을 자신의 창작 활동과 소설가로서의 성공으로 채워가면서도 사상 면에서는 공허함을 채울, 정체 모를 어떤 가치를 끊임없이 갈망하고 동경하는 상태에 놓여 있었던 것으로 보인다. 그의 소설 속에서는 그 동경의 대상이 '금각사'[『금각사』(1956년)]나 '원반(UFO)'[『아름다운 별』(1962년)], '농람濃藍의 영역'[『새벽의 사원』(1967년)] 등으로 내용이나 모습을 바꿔가며 그려지지만, 실제로는 그의 사상이 끝내 천황제를 옹호하는 방향으로 흘러간 것은 많은 독자들이 이미 알고 있는 바와 같다.

그의 마지막 결론에 동의하기는 힘들겠지만, 그가 가졌던 사상의 저변에 세상의 주류가 되어버린 통념에 대한 비판이 깔려있다는 점에서는 여전히 미시마의 말과 작품에 귀 기울여볼 여지가 있어 보인다. 사회가 욕망하고 강요하는 통념에서 별다른 의미를 찾지 못하는 사람이 의미 있는 삶을 살려면 어떻게 해야 할까? 세상이 억지로 떠안긴, 판에 박은 듯한 입시-취업-결혼-내 집 마련 등으로 짜인 촘촘한 인생 계획표를 앞에 두고 수많은 사회적 통념 속에서 살아가는 오늘날의 독자들에게, 『목숨을 팝니다』가 던지는 이러한 물음은 여전히 의미심장하게 다가올 것이다.

목숨을 팝니다

1판 1쇄 발행 2025년 8월 1일
1판 2쇄 발행 2025년 10월 15일

지은이 미시마 유키오
옮긴이 최혜수

발행인 양원석 **편집장** 최두은 **책임편집** 이아람
디자인 최승원, 김미선 **영업마케팅** 윤송, 김지현, 최현윤, 백승원, 유민경
해외저작권 임이안, 안효주

펴낸 곳 ㈜알에이치코리아
주소 서울시 금천구 가산디지털2로 53, 20층 (가산동, 한라시그마밸리)
편집문의 02-6443-8855   **도서문의** 02-6443-8800
홈페이지 http://rhk.co.kr
등록 2004년 1월 15일 제2-3726호

ISBN 978-89-255-7336-6 (03830)

※ 이 책은 ㈜알에이치코리아가 저작권자와의 계약에 따라 발행한 것이므로
  본사의 서면 허락 없이는 어떠한 형태나 수단으로도 이 책의 내용을 이용하지 못합니다.
※ 잘못된 책은 구입하신 서점에서 바꾸어 드립니다.
※ 책값은 뒤표지에 있습니다.